俳句エッセイ

達者でお暮らしょ

閑弟子
中島誠之助

祥伝社

俳句エッセイ

達者でお暮らしよ

達者でお暮らしよ◆目次

装丁　盛川和洋

歌舞伎座へ

常磐津や立見の席もお正月
初雪や芝居帰りの夜啼きそば

歌舞伎座へ通うようになったのは五十代になってからだろうか。いつもカミさんと娘の由美が連れだって出掛けるものだから、置いてけぼりも悔しいから付いていったのだ。初めのうちは席に座ったとたんに白河夜船で、終演のざわめきで目覚めるばかり。

それが今では出し物と役者の顔ぶれが気になるほどの入れ込みで毎月のように出掛けてゆく。といっても素人まるだしで筋書きや所作にそれほど詳しいわけではない。ただ歌舞伎座の雰囲気とロビーですれ違う人々の気配がアタシの気性に合ったのだ。

大分以前のことになるが由美が所帯を持つことになり、相手の品定めをしようと高《たか》橋《ばし》の『伊せ㐂』でどぜう鍋を囲むことにした。アタシは分からなかったが話が歌舞伎で盛り上がったらしい。ふと気が付くと傍らの通路で伊せ㐂の亭主が天窓を開けたり閉めたりしている。そして由美に向って一言「あんたの観たのは当代、あたしの観たのは先代の何某」と言うじゃあねぇか。それが『双蝶々曲輪日記《ふたつちょうちょうくるわにっき》』の引窓の舞台のことを言ってるんだと気が付いたのは大分あとのことになる。なるほど歌舞伎の面白さはこうやって暮らしの中に生きているんだとズキンとしていい教訓になったものだ。

直侍《なおざむらい》の舞台で役者が美味そうに屋台の蕎麦を啜るもんだから帰り道に蕎麦屋へ寄りたくなるが、いまどき夜啼きそばなんて往来で商っているわけはなく帰ってから買い置きの手打ちそばを茹でることになる。

数十年も歌舞伎座に通っていれば、子役から若衆になり名跡を継ぐまでの役者一代をじっくりと拝見したことになる。

陶磁器ムック本の企画で十二代市川團十郎と対談したことがある。温厚で且つ朗々とした人柄で舞台に変わらぬ成田屋の風情だった。備前の土を捻るんだと作品を手に取らしてもらったが、なんとデキが團十郎そのものだった。ズングリした筒花生の胴を篦でスパッと切ってコサエてある。作風が舞台の外郎《ういろう》売りそのもので、お家芸というものは体に染みついているものなんだなぁと感服した。十二代亡きあと息子の海老蔵がスカイツリーのてっぺんで『睨み』を演じているテレビを観たが、芝居好きとすりゃあチト辛いね。

それにしても多くの名優たちがあの世に逝っちまったもんだ。つい先達っても親しくさせて頂いた二代目吉右衛門がふいっといなくなって、アタシは立直るのにしばらく日にちが要り様だったよ。

背中の児足突き出して春嵐
新宿のどん底にいる春の夜

東京俳句倶楽部、省略して東俳倶の月並句会が新宿の『つな八』で夕方から開かれる。たいていの場合打ち上げが八時ごろで世間はまだ宵の口だ。真っすぐ帰るのは勿体なくてチョイト一杯ひっかけていこうということになる。

そこで三丁目の『どん底』へなだれ込み一杯が二杯となり大分キコシめす。どん底は昭和二十六年の開店で創業以来七十年になる。そんときゃアタシは中学二年だから、もう昭和の臭いフンプンで東俳倶の連中なんて嬉しくって風呂に入った鯰のような顔になる。

二階に上る階段の壁に黒焦げのキリストの顔がはめ込まれている。これがなんともまあ場所を得た感じで厳かでいて愛くるしい。これは彫刻家の本郷新（1905〜1

980）が開店記念に寄贈したもので、店が火事になったとき焼け跡から掘り出されて二度目のご奉公をしているわけだ。
アタシの若い頃は歌声酒場の全盛期でロシア民謡のカチューシャやトロイカがどん底の天井を吹き飛ばす勢いで響いたものさ。今だってどん底は全館満席の盛況だけど、客筋の若者たちの品のいいこと誰も彼も庭園の池に集まる錦鯉のようだ。静かにさわさわと息を殺して酒を飲んでいるばかりだ。

それでもどん底の止まり木に座っていると、辺りは一瞬に青春時代に逆走して夢うつつのいい気分になる。またそんな気分にさせるようにどん底は出来ているんだ。

句会の楽しみの半分は打ち上げ後の寄り道にあるといっても遠からず。ところがこ数年コロナ禍のおかげで集会が開けないから句会もダメになってしまった。聞くところによると会場にしていた『つな八つのはず庵』も一時休業しているらしい。

句会の肝煎をしてくれる板橋さんがつのはず庵が再開したら始めましょうかと言ってきた。それなら春先がいい。春の夜にどん底の重厚なカウンターで薄眠りをしたいのさ。

（追記）令和四年十月、句会の案内がくる。兼題は「初時雨」だ。会場の『つな八つのはず庵』も近くに移転して新規開店とのことだ。三年ぶりの再開だ。しかしマア何たることか、句友の矢吹猿人と安川宝来公がアノ世に逝っちまったとヨォ。中島閑弟子としては頑張らずばなるまいノゥ。

初恋が四角く並ぶさくらんぼ

地平線波の拡がる青田風

秋田県の八郎潟はアタシの子供時代は全国有数の内海で、社会科の授業では汽水湖に生きる魚介類の宝庫だと教えられていた。それが今では干拓されていて、これまた全国有数の穀倉地帯になっている。

炊飯器のコマーシャルの撮影で現在の大潟村を訪れたときは夏の盛りで、地平線の果てまで青々とした稲田が続き風が吹くたびに一斉に稲の若葉が波を打って拡がっていく。透き通った空気が寄せ返し、胸の底まで洗われるような清々しさだ。

その足で山形の鶴岡市郊外にあるコメ農家を訪問した。低い丘を背にした『御蔵農園』という旧家で、目の前にはきちんと手入れされた稲田が拡がっている。そこには人の手の細やかな配慮が行き届き、日本のコメ作りの原点を見るようだった。

大潟も鶴岡も甲乙つけがたい清潔感と豊穣のありさまを感じさせてくれた。ただしカチマケの旗を揚げれば、撮影の後で御蔵農園の主人に饗された岩ガキと熟柿のシャーベットの美味さが忘れられず鶴岡のカチとなる。だからわが家のコメはいまだに毎月御蔵農園から取り寄せているのさ。

鱒釣の影も動かず山の湖《うみ》

奥日光の丸沼温泉には毎年のように出掛けてゆき今年で六十年を超えた。初めて行ったのは昭和三十二年のことだった。なぜ記憶しているかというと、芝学園の同級生の井上康彦と語らって山岳夜行をやったからだ。深夜の根名草山の山頂で一息入れて夜空を仰いでいると、やけに遅い流れ星が天空を横切ってゆく。とはいえ飛行機よりはグンと速い。

真夜中の尾根を下り手白澤温泉の戸を叩き泊めてもらった。小屋のオヤジの宮下さんが鰹節をかいて握り飯を喰わしてくれたことは忘れられない思い出だ。翌日は湯沢峠を越え丸沼温泉へ抜けた。そのとき旅館のニジマス風呂に浸かっているのだ。帰京して新聞を見たらばソ連の人工衛星スプートニクが宇宙を初飛行したと大騒ぎしている。それで根名草の山頂で見た遅い流れ星は人工衛星だったんだと分かった。だから丸沼温泉へ初めて行ったときの日にちはしっかりと脳裏に刻まれているんだよ。

それ以来丸沼へはよく行っている。ニジマス風呂は大風呂の真ん中に石彫りの虹鱒が置いてあり鱒の口から湯が溢れ出る仕掛けになっている。今年行ったらば虹鱒の石彫りが新規になっていた。新しいのは紅石で豪快だが、アタシら古い岳人には以前の湯垢に埋もれた痩せた虹鱒の方が懐かしいのだ。

毎年のように船橋市の学童たちの宿泊と一緒になる。食堂で衝立越しに子供らの食事風景を耳にしながら、カミさんと一杯やるのも丸沼の楽しみだよ。それにしても今の子供たちはメシの時に静かなもんだね。モチッと騒いでもよさそうなもんだけどね。客室やロビーには額装の絵画が掛かっている。ケッコーな名画ばかりなのでタップリ鑑賞できる。子供らが絵に関係なく名作に囲まれて過ごしてんのも好感持てるねぇ。

夜明け前から湖水に半身を浸けて虹鱒釣りをしている人たちがいる。陽が昇って湖面を照らし出してもじっとして動かない。その様子は岸辺に突き立つ枯木の一本のようだ。丸沼は虹鱒釣りのあいだでは有名らしいが、彼らはなにも釣れなくともいいんじゃないのかな。深山の湖面の一部と化して動かずにいるのが座禅と同じなんじゃないのかなぁ。

釣り人の姿を横目にしてハンドルを握って丸沼をあとにする。金精峠を越えようか、それとも沼田を通って関越（自動車道）で帰るかいつも迷う。たいてい金精越えをして今市へ寄り日光のたまり漬けを買って帰ることになるけどね。

そういえば古い山友達の井上康彦は羽田で自性院という寺の東堂をしている。東堂とは息子に住職を譲って隠居身分になっていることだ。年賀状をやり取りするたびに、今年こそ会って若き日の山旅を語りあいたいと思うけど知らずのうちに一年が経ってしまうのさ。

（追記）令和四年十二月に自性院から喪中の挨拶状が届いた。「本年六月九日に住職井上康彦が永眠した」とある。あーあっ、イノさん。お前も逝っちまったのか。とうとう会えなかったナァ。それでもあの日あの時、錦秋の山路を歩くイノさんのスガタが目に浮かぶんダヨ。

大の字を風の越えゆく夏座敷

潮満ちて蛸も伸びする夏の朝

西伊豆の戸田《へだ》へは毎年行った。戸田は三方を山に囲まれた天然の良港で、松林を乗せた洲が湾曲して突き出し駿河湾を隔てている。今では峠越えの立派な道路があり修善寺の駅から車に乗れば小一時間で着くが、アタシの学生時代の頃は未舗装の山道があるばかりで沼津からの船便の方が余程便利だった。

江戸時代から続いた廻船問屋の常盤屋が旅館『ときわや』になり海鮮料理が絶品で、おまけに温泉が湧くという結構さで夏休みのわが家の常宿になったのだ。

孫たちを引き連れて宿の玄関をくぐればドンと太鼓が鳴り、これがエーいらっしゃいの合図になる。品の良い初老の女将が出迎えてくれて気分は満点である。さっそく水着になって松の洲浜で海水浴をし、渡し舟で湾を横切って宿に帰る。ひと風呂浴びれば恒例ナカジマ家燃える大宴会のハジマリだ。

早朝に孫と一緒に船着場を散歩して釣り人たちの背中を眺めていると、小川の河口を蛸が足を伸ばして懸命にさかのぼっているのが目に入る。蛸たちは川蝦や蟹を狙って朝餉にするのだ。釣り人が蛸を引っ掛けてしまうと港の堰堤に放り出す。すると蛸は必死になって海の方に這ってゆく。決して山の方には向かわない。なぜ水辺の方角が分かるのか不思議なものさ。海に落っこちて潮に乗った蛸は何ごともなかったようにして精一杯足を伸ばし再び河口を上るのだ。宿の窓からゴハンですよーと呼ばれて孫と一緒に下駄の音を鳴らして戻る。そして海浜の一日が始まるのだ。

女将が引退して経営が台湾資本になり、刺身のでかい船盛がオーベルジュふうになっちまったもんだからアタシはもう行かなくなった。もっとも孫たちも揃って大きくなったからねぇ、いい思い出になれば、それで充分だ。

蒸暑し思想異なる人の群
判官に蜻蛉のとまる村芝居
秋を乗せ波に漂う壱岐の島
乱れ菊少弐の墓に石を積む
旅に果て虫を枕に曾良の墓

水平線に突然薄っぺらい座布団のような島影が浮かんだ。上陸してみると一面の秋景色だった。それが壱岐の第一印象になった。

蒙古と戦って十九歳で散った少弐の墓は自然石が置いてあった。だからアタシも小石を一つ手向けたのだった。俳人の曾良の小さな墓があったのにはビックリした。それは旧家の背中を囲む山の斜面にポツンと立っていた。『奥の細道』で芭蕉に同行した曾良が壱岐の島で亡くなったとは知らなかった。聞けば曾良は幕府の巡察使で、この地で病を得たという。曾良の没後に上州伊香保で本人に会ったという伝承があるようだが、この墓の有様を見れば壱岐の島で亡くなったことは間違いないだろうね。アタシはこっちを信じるね。

台風の動かず明日の旅支度
二百十日寝息の頰の乱れ髪
新蕎麦の店を教える国訛り
沈香の拡がる畳冬日充つ
荒天を背中に映し鯨浮く
海鳴や夜中も白き冬の崖

カミさんの母の故郷になる銚子の野尻（椎柴）を訪ねたのはまだ義母が元気な頃の

ことだ。利根川を河口からわずかにさかのぼった川岸を見渡す安井家は、街道筋とはいえ「利根の川風よしきりの声が冷たく身をせめる」という大利根無情の唄の文句そのままの風情で、吸い込んだ息が五体をパンパンに膨らませるような健やかで豊かな土地に建っていた。

里の若主人が、ナカジマ君今夜はイシモチ釣りに連れて行ってやるよと軽自動車を飛ばして九十九里の断崖に向かった。犬吠埼の灯台から延々と続く長い丘陵が海に面していきなり白い断崖になっている。

その崖の端に立ってリール竿を振り回して海に釣針を投げるのだ。辺りは真っ暗でどこが崖の縁かも定かでない。太平洋の荒波は囂々と轟いて崖に向かってくる音だけが聞こえ、崖の上から海面まで何十メートルあるのか真っ暗でまったく分からない。ただ白っぽい崖の連なっているのが足元にうっすらと見えるだけだ。

たいていのことは怖がらないアタシが、あの真夜中の銚子の断崖だけは怖かった。イシモチどころではない。あとは忘れちまった。

風花や平家の里はダムの底

奥鬼怒の手白澤温泉への山道は一木一草にいたるまで知っている。奥鬼怒温泉郷と呼ばれるように手白澤の他に八丁湯、加仁湯、日光澤温泉がありそれぞれ豊かな湯量を誇っているが、アタシは手白澤オンリーで数十年もこの山のヒュッテを訪れている。

思い出深いのは学生時代の厳寒期の旅だった。交通機関が途絶して雪道をひたすら歩いて鬼怒川に分け入ったのだ。川治温泉から川筋をたどって途中の野門《のかど》でダム建設の飯場に一泊し、瀬戸合峡の急坂を越えて川俣本村の集落を過ぎる。川俣は平家伝説で秘境とされ雪の中にシンとして深々と埋もれていた。

二日がかりで到着した手白澤では囲炉裏のバンドリ鍋を囲んで楽しい会話が夜遅くまで続くのだ。バンドリとはムササビのことで薄曇りの月夜に猟をする。梢に止まっている姿がシルエットになって鉄砲で狙えるからだ。

背中にした引き戸の隙間から粉雪が吹き込み板の間に白く積もる。そして石油ランプの芯を細くして眠りにつくのだ。

近年になって久しぶりにこの懐かしい山の湯を訪ねた。若い時に苦労して登った野門の萱峠は広々としたトンネルがぶち抜いていて一気に難所を走り抜けた。谷間にあった川俣の集落は山の上に移動して近代的な山里に変貌している。かつての川俣本村は冷たいダムの底に沈んでしまった。そして風花だけが昔と変わらず音もなく湖面に舞っていたよ。

水涸れて天竜渡る貨車の列

疾走す影を踏みゆく冬木立

運転免許証を取得したのは昭和三十五年のことで、場所は赤坂の国際自動車教習所（当時は赤坂自動車練習所）だった。あすこは今では高層ビル街に変貌して、昔を偲ぶよすがもない。あれから六十年以上も無事故でクルマに乗り続けている。

スバル３６０が最初の愛車だった。以来スバルの新車を何台も乗り継いで山岳ドライブを堪能した。還暦過ぎてからワーゲンに乗った。ワーゲンがヤナセの手を離れたときは「ヤナセの扱わないワーゲンはワーゲンじゃねぇや」とタンカを切ってベンツに乗り換えた。

八十歳過ぎたら運転で無理をしなくなった。トモダチの千野クンが「都バスの運転手になった気持ちでいけよ」と教えてくれたので、老人シールをバッチリ二枚貼って安全運転だ。テリトリーは青山の床屋とキノクニヤの買い物と、あとは別荘の往復だけがアタシの運転コースになってんだ。

春蒔きの畑に黒き大津波
ただ祈る雪降る里の避難所よ

交通機関の途絶した都心を青山通り淡島通りと三時間ちかく歩いて世田谷のわが家に到着した。途中公園で行列してトイレを借りたが、なにしろ手が冷たかった。どこの店でも手袋は炊事用まで売切れていた。歩く人は皆無口でただ黙々と家路をたどっていた。

家にたどり着いてテレビを点けたら目に飛び込んできたのは、幾棟も整然と並んでいるビニールハウスを真っ黒い波が呑み込んでいく光景だった。上空からの映像なので、音もしないで蒲鉾型の白い構造物が次々と泥の海に埋没していく。丹精込めた農作物の施設がまったくの無抵抗であっという間に姿を消した。それは恐ろしい風景だった。テレビの前でアタシもカミさんも黙って顔を見合した。

売切れて隣の町へ桜餅
高尾から松本までは春霞

松本へは大した用事もないのによく行く。それは松本が好きだからだ。アタシにとって松本の位置する安曇野は長野県にあるのに長野ではなくて信州なのだ。ちなみに長野市は長野ではなくて信濃なんだよね。

新幹線ができて長野駅を利用した方が松本へ行くには早いし便利だと言われても、アタシは中央線の特急あずさで行く。なんとなれば、旅は体の移動だけではなくて心の旅路だからだ。仕事で行く場合でも時間に余裕を取って新宿駅からあずさで行く。

甲府を過ぎレールが韮崎の尾根を登りだすと右に八ヶ岳が現れ、小淵沢までは左に甲斐駒ケ岳がそそり立っている。小気味よいあずさの揺れが眠気を誘う。諏訪湖を左にして塩嶺のトンネルを抜ければ、あとは安曇野をひた走るだけで松本はもうすぐだ。

松本城と松本民芸館は必ず行く。『松本民芸家具』そして『レストラン鯛萬』と『珈琲まるも』へ寄る。旧開智学校もタマに行く。菓子の『開運堂』とわさび漬けの『八百源』に寄る。宿は浅間温泉の『菊之湯』に泊まる。

駅に降り立ったとき松本の風が頬を撫ぜる。特急あずさで行かない松本なんてアタシにはないのだよ。

夏来る連山青し雲の影

妻の古希くちなしの花匂いけり

盥より珠を受け取り天花粉

孫は長男に一人次男の所に三人いるが皆おんなの子だ。盥で行水をさせればホイと受取って天花粉を付けてやった。みんな白玉のようなすべすべの珠だった。そんなこと言ってるうちにアタシより大きくなっちまった。

木漏日の日傘に走る松並木
空井戸の底に炎天滑り込む
絶食を告げて友死す夏の果

文京区で歯医者の二代目をやっていた田中久雄は芝学園の同級生で山仲間だ。三代目を継いでいる息子から急に連絡が来て父に会ってやってくれないかという。手賀沼の隠居所を訪ねたら元気そのもので池を作ってメダカを飼っていた。聞けば古希を迎えたのでそろそろ死ぬ準備をしているんだという。肺ガンがよかろうと思うのでといって煙草をバカスカ吸っている。馬鹿なことはよせよと言っても全く聞く耳を持たない。オマケニ昔の童謡歌手、小鳩くるみの歌唱力に聴き惚れているという。童謡・抒情歌を収集してウォークマンに入れ朝晩四時間聴いているから誠ちゃんも聴けと自分で編集したＣＤを呉れた。

しばらくして夏の京都で猛暑にへたばっていたらケータイが鳴った。三代目からで父がなかなか死ねないのでといって絶食を始めたという。なんとか意見してくれないかと悶絶している。すぐデンワして水くらいチャンと飲めよと言ったらば「誠ちゃんの水は美味かろうが俺の水は不味い」といってプツンと切れてしまった。

あのデンワが田中と話した最後の会話になった。田中は老いの何たるかを知り、自分で自分の人生の幕引きをしたんだろうね。あれから十二年たつ。アタシはいま、田中の呉れた小鳩くるみのＣＤを時たま聴いてるヨ。

冷豆腐ひとり夕餉の孤児の時

アタシが一歳ちょっとの嬰児の時に両親がそろって肺炎で亡くなっちまった。父は土井中司といって博文館で修業して技術を身に着けたという。青山に家を建て責文社という印刷屋を開いたばかりと聞いているので、働きすぎて無理をしたんだろう。ドイツから輸入した印刷機があったというから相当なもんだ。母は浅草七軒町のパン屋の娘で愛子といい、祖父は二宮啓吉といって銀座の木村屋で修業した腕利きだった。いずれにしてもアタシはそれで孤児になってしまったんだ。

父方の祖母キンは土井半兵衛というサムライの娘で明治元年生まれだ。土井家の墓は嘉永四年建立で浅草の善照寺にある。御一新で一家は俸禄を失い、貧乏したキンはヨイトマケをして生き延びたそうだ。神田近辺で働くうちに信州小県《ちいさがた》秋和出身のモダンな中島太六郎とクッツイて所帯を持ったてぇわけさ。太六郎という祖父のことはアタシは全く知らない。手元にはザンギリ桃割れ髪で蝶ネクタイ好青年の古写真があるだけだ。

二歳上の兄がいたが土井家を継がすために伯父の中島文吾が預かり、下のアタシはチビを捨てるわけにもいかないから養子に出したんだ。養子先は祖母キンの妹の家で横浜の芸者屋だった。ここの白川キクというバアサンが戸主で気丈だが冷たい人だったね。湘南の鵠沼に家を借りて朝晩法華経を唱え、あとはトランプ占いしかやらなかった人だ。

キクの娘といっても養女だが白川晴子という芸者がアタシの母親になったんだな。この人は綺麗な人で子供心にもオカーチャマが舞う観世流の仕舞は鶴のような姿だと思ったね。ああオカーサンとは決して呼ばせてもらえなかったんだよ。ちなみにウンコはオバッチだった。あれは芸者言葉かなあと思っている。

戦争が終わってあっという間に晴子さんのパトロンだった旦那が亡くなった。晴子さんは律儀な愛国婦人だったとみえ貴金属宝石などカネメの物は戦争に勝つために国に献納してしまっていたもんだからたちまち一文無しさ。結構な着物も藤沢あたりの農家へ持っていってわずかの食料になっちまった。

それでキクバアサンとアタシは二子玉川の祖母中島キンの家に間借りしたのさ。それまで子供心に『二子玉川のおばあちゃん』と聞いていた祖母だったけど、記憶になかったもんだから親しみはなかったね。キンの長女の中島静が赤坂に中永楽という料亭を開業してガンバリ、苦労を掛けたオッカサンに数寄屋普請を建ててやったのさ。だからこの家は次太夫堀の流れに沿った瀟洒ないい家だった。トンネルの向こうに玉川大師があり、地下の胎内巡りにキンの寄進したお地蔵さまがある。八十八体地蔵の七十四番目に中島キンと彫ってある。玉川大師は大正十四年の創建で地下霊場は六年かけて造営されたそうだ。

今でも年の暮れには玉川大師へお参りに行く。たいてい次男一家と一緒だ。そしてアタシの孫たちはキンさんの玄孫になるわけだ。キンさんのお地蔵さまに対面するたびに家族の永い血の流れを想うんだ。

そういえばキンさんの強い思い出が一つある。あれはアタシが二十歳ぐらいのことだったか。キンの臨終の席で「おばあちゃんが誠ちゃんを呼んでいるから」と言われキンの口元に耳を寄せると、幽かな声で「偉くおなり」と言ったんだ。キンはそのまま息を引き取ったが皆がなんて言ったんだと聞くから、アタシは「よく聞こえなかった」ととぼけたんだよね。ヤナな子だけど後の仕打ちを警戒したんだねぇ。

話を二子玉川に戻すと、晴子さんは古巣の横浜に働きに行き幾日も帰ってこない。キクは炊事などしたことないから駅前の闇市へなんか喰いに行って帰りに豆腐を買ってくる。豆腐はそのまま喰えるからね。アタシが外で遊んで帰ると小さな卓袱台に豆腐が皿に乗って布巾が掛けてある。それを食べて寝たのは不憫だったなあ。

ウインドに映して直す夏帽子

酢と蜜を老妓と選ぶ心太《ところてん》

伊豆の伊東へテレビの収録で行ったとき昔馴染みの芸者の豆竜に会った。番組冒頭の土地の紹介シーンで出演したのだ。いい年増になっていたが、お互いにオヤマアというわけでお茶をした。老舗の名旅館『よねわか荘』が無くなってスーパーになっちまった。あれは隣ギリギリに大橋巨泉がマンション建てて露天風呂覗くもんだから、主人の米若がアタマに来て鉄塀を同じ高さに造り視界を塞いじまったんだよなぁナンて昔話をした。

好漢を野辺に送りて秋刀魚喰う

三陸の魚介と銘酒浦霞で人気のある『樽一』は歌舞伎町の老舗だ。今は二代目が切り盛りしているが、初代の創業者は佐藤孝といってまれに見る快男児だった。佐藤さんはアタシの一年上の先輩で学生時代はよく頼りにした。宮城県の出身で東北弁が心地よく怒った顔を見たことがない豊かな偉丈夫だった。佐藤さんの面倒見の良さをいいことにしてタカる奴もいたせいか職業は転々としていたね。

佐藤さんが芝公園にある能率協会の食堂の支配人をやっているときに、アタシの結婚式の披露宴を引き受けてくれたんだ。佐藤さんが、酒はオレに任せておけ料理は特上のエビフライを作ってやるという。アタシが友達ばかり七十人呼びたいといったらば一人五百円でOKだ、都合で四万円用意しておけば何とかしてやると胸を叩いた。ウエディングケーキは原宿コロンバンの縁者が特大を寄付してくれて何から何まで万々歳だった。

結婚を決意したときに喉から血を吐く思いで養父になってくれていた伯父の中島文吾に結婚したいんですがと切り出したらば、オーム返しに「ああいいよ、カネはないよ」といわれたんだね。あの人もう少し他の返事はできなかったものかねと今でも思うが、許可をもらったわけだからホッとしたね。

そこでアタシは裏仕事をやってカネを作ったんだ。なに伯父に内緒でセコイ商売をやるわけよ。この一件は追い詰めたら却って自分が損なんじゃないかなぁと他山の石にしているけどね。おっと話が脱線した。

その後、佐藤さんは高田馬場の土手下に屋台に毛の生えたくらいの店を構えて樽一を始めたわけさ。生まれ故郷の三陸の魚と塩竈の銘酒『浦霞』が旗印さ。応援した浦霞のオヤジも偉かったなぁ。これが樽一の誕生物語さ。

佐藤さんは息子を連れて魚市場に仕入れに行き、一休みして寝たまま起きてこなかったんだよ。英雄らしい最後だったなぁ。

佐藤さんの葬式に行った帰り無性に秋刀魚が喰いたくなった。カミさんが焼いてくれたやつに大根おろしをのせ醤油をかけて食らいついたらば、佐藤さんとのエピソードが限りなく湧いてくるんだ。あんないい男はもう二度と現れないだろうよ。

錦秋を両手で掬う露天風呂

指先に寿司の残り香三の酉

着陸を告げる小窓に山眠る

巨匠逝く絵筆そのまま春日和

葉山の山口蓬春画伯の住まいを訪ねたことがある。画伯はすでに世になく未亡人と茶話をしたのだが、そのとき画室を拝見したのだ。日当たりのいい和室で相模湾がほの見える。座布団の脇に絵筆が並び画伯がちょっと席を外したままの状態で、春の和やかな日差しが満ちていたんだよ。

冷麦に致しましょうか

水仕事朝日にかざす初氷
楊貴妃と小町の並ぶ寒牡丹

正月元旦は浅草に両親の墓参りに行きその足で上野東照宮へ寄って寒牡丹を見る。名前がそれぞれ付けてあるが、花の咲く様子と命名者の気持ちがぴったり合っていると思わず微笑ましくなる。

雪道を訪ね十枚出石《いずし》そば

テレビの出張収録で出石に行ったときは大雪で、新大阪から難渋して延々クルマで行った。皆が待っているから戻るわけにはいかないのだ。雪降りしきる山道を越えてたどり着いたらば、土地の衆が蕎麦屋へ案内してくれてホッと一息ついた。あん時の蕎麦は美味かったなぁ。東京で喰う何倍も美味かったよ。

脱糞の痕生々しセーヌ春

パリは古い町だから人間の臭いが満ちている。臭さを打ち消すために香水が発達したというが、香水は人間あってのもので砂漠に香っても意味がない。だからパリの香水は魅惑的なのだろうか。サクレクール寺院は少しオシッコ臭い。べつにそれを嫌だとは思わないがセーヌの河岸へ下りていく石段には大抵出来立てのウンコが置き土産になっている。それもまあ古き良き巴里情緒なんだろうかね。

来信の溜まる長旅三月尽

行く春や皆戦争を知らぬ人

のどかな昼下がりの表参道は若者たちで賑わっている。どこからか桜の花びらが飛んできて肩に降りかかる。誰もこの表参道の交差点に立つ大きな石灯籠の下に、大空襲の酸欠で死んだ人々が山のように積み重なっていたことを知る人はいない。

マグロ船に乗っていた時、(無線)局長の立浪昇さんが話してくれた。立浪さんは高知の大月町の人で戦争に取られて通信兵になったそうだ。沖縄戦で牛島司令官と行動を共にして司令部の無線係を務めた。ひめゆり部隊が洞窟で解散したときは、皆で勝利の歌を唄って別れたという。生徒一人一人に軍属が付いて親もとへ出発した。結果は悲劇に終わったが語り伝えられている様に無責任に解散を命じたことはない。日本軍の規律は厳としていたのだと。司令官自決の後に洞窟を脱出したが銃撃で倒れ、気が付いたらば爆撃で出来た窪地に寝かされていたんだ。いよいよ殺されると覚悟を決めたら、米兵がキャラメルを溶かして飲ませてくれて生き返ったそうだ。

あれほど損害を出したのだからアメリカだって、そう簡単に沖縄は返さんでしょうという。あの時、立浪さんの語りは昭和三十五年のことだった。それから沖縄が返還されるまでに十年以上掛かったことになる。

隠岐の島へ旅した時、ハルピンから引き揚げてきたオバサンに話を聞いた。ソ連が参戦してきて男たちは根こそぎ動員された。やがて満州の奥地から避難民が続々と町へ逃げ込んでくる。中には身ぐるみ剝がされて炭俵をまとっている女性もいる。

侵入してきたソ連兵が軒並み略奪に繰り出してくる。男たちのいなくなった宿舎を襲い強姦と暴行をほしいままにする。抵抗すればその場で射殺だ。ハルピンは露助（ロスケ・ソ連兵）で地獄にされたという。

ソメイヨシノの花吹雪の下を、のどかに歩く人々を見ると平和の有難さが身に沁みるのはアタシたちの世代までなのだろうか。

ビルの谷花を吹き出す陽泉寺

霊南坂を登った台地の東端はアメリカ合衆国の大使公邸と大陸風建築の大倉集古館や陽泉寺など数軒の木造寺院が肩を寄せ合うようにして大空襲以前の東京の姿を残している。

アタシが子供の頃はこれらの他に霊南坂教会のレンガ造りの塔と礼拝堂があり竹藪の斜面には階段の回廊のある『ちまきや』という古い菓子屋や白系ロシア人のコロニアル風西洋館があった。それは江戸から東京へかけての変遷を残した旧市街地区で、時間の止まったままの森閑とした屋敷町だった。

半世紀の間に霊南坂町は丘を削り谷を埋め高層ビルを建て道路造りをしてまったく姿を変えてしまった。徳川家康だってお茶の水を掘削して神田川を通したんだから東京の変遷は仕方あるめぇとやせ我慢しているが、ったくもうヒデェもんだと内心嘆いている。

子供の頃、居候暮らしの息抜きに駆け込んで実家のようにして寝転がったのが陽泉寺さ。そこにオレンチの墓まで建てさして貰ったのだから、この一帯は懐かしさあふれる故郷でなんとか残ってほしいのだよ。

陽泉寺の長男と二人で芝中学の帰りにソメイヨシノの苗木を一束買った。十本で三十円だったな。それを本堂の前など境内に植えたら五十年経って大樹になった。花見時は見事なもので近隣のビルからサラリーマンが出てきてお花見をしている。見上げる周りは高層建築のガラス窓ばかりだが、陽泉寺の花吹雪は吹き上げるようにしてビルの谷間を乱舞してくれ、その小気味よさに胸がスッとするね。

夜桜や夜間飛行の夜の底
女形逝く暮れゆく庭の白牡丹

今になって六代目歌右衛門の舞台を観ていないのが本当に残念だと思う。まだあの頃は芝居にそれほど興味がなかったんだ。六代目の自宅の庭に見事な枝垂れ桜があったと聞いた。だから白牡丹の妖しさが六代目の面影に重なり、夕やみに沈む枝垂れ桜を白牡丹が眺めているような風情が浮かぶんだな。

新名刺息子届けて春の宴

新緑にふわりと座る天守閣

白駒の池に今年も夏家族

北八ヶ岳の麓に山荘を建てたのは四十一歳の時のことで、今思うによくぞまあ若造の身で別荘なんぞ建てたもんだと我ながら感心している。山が好きというよりは大自然の中での暮しがしたかったからだし、逼塞した青年期に解放感を人一倍欲したからだろうな。

山荘暮らしの数日中は一日を必ず麦草峠から高見石へ登り白駒池へ下りて過ごす。山荘へ訪ねてきた友人たちも一緒に連れていかれるので、誰からともなくこのコースを中島パックと呼んでいたようだ。

針葉樹に囲まれた白駒池を高見石の頂上から眺めると緑海にポッカリと浮かぶ鏡のようだ。透き通った風が吹き渡り水草が揺れ白雲が水面に映る。池を一周するのも小一時間の軽いハイキングだ。今では家庭を持った子供たちもまだ学生の孫たちも、夏になると中島パックをジジババと一緒になってやっている。

四五日は未央柳へまわり道

十薬《どくだみ》や無沙汰を詫びる墓掃除

義母《はは》はいま蛍袋の中に寝る

カミさんの両親はアタシに優しくしてくれた。父方は福岡の在にある雑餉隈《ざっしょのくま》の代官で坂井家という。明治期に当主だった勝太郎は戊辰戦争に従軍したそうだ。末息子《すえっこ》の文学青年が東京に出てきた坂井英夫でアタシの舅になる。因みに英夫の母親は鶴岡小町といわれた才媛で、戊辰の役でかの地で出会ったらしい。

唐津で講演を頼まれて出掛けた福岡空港で、出迎えてくれた担当者が「私は先生の奥さんの従弟です」と名乗られて驚いた。そんなわけで係累が分かったのだ。

義母のヤスは日比谷の巴里院という当時最先端のパーマネント屋の美容師だったと

いう。モダンなモボとモガが夫婦になったわけだな。

有楽町のマリオンが建てられたとき、義母が「こないだ造った日劇をもう壊しちまったよ」と宣ったのでビックリした。巴里院は帝国ホテルの近くにあり三信ビルの新築も見ていたらしいが、その建物もすでにない。

坂井のジイバアは身内の愛情を知らずに育ったアタシにとって、初めての肉親だったと言っても言い過ぎではない。山荘が好きでいまだに山の家には義父《ちち》と義母《はは》の暮らした残り香がある。ホタルブクロが咲くと切り花にして部屋に置くので、広い山荘の庭から花が絶滅危惧種になってしまった。また増えだしたが、もう切る人はいない。

夜泳ぐクラゲぬるりと足の裏
明日へ発つ航跡青し夜光虫

インド洋で操業する遠洋マグロ漁船に乗船したのは二十二歳の時だ。学校を出たけど何処へ就職する当てもない。といって養父の伯父のもとで骨董屋を見習えば必ず関西へ小僧に出される。それも嫌だ。何とかして今まで堪えてきた居候暮らしにもケリをつけたい。外国へ行ってやろうかなんて漠然と考えてもいた。そのくせ、『千載青史に列するを得ん』なんて野心もバンバンに持っていた。

そんなファファな日々がマグロ船に向かって一路収斂していったのさ。あれは若さの勢いというものだろうか。内心では「誰か引き止めてくれないか」と思ったが、もうヤルッキャなかったんだ。築地の魚河岸の岸壁から舷側が一尺離れ二尺離れして、もう飛び移れない下船はできないと観念して沖へ向かったのさ。あの光景、今でも夢に出るね。

夜甲板へ出てみると船尾から一筋の青白い航跡が暗い海に線を引いている。スクリューが海をかき混ぜると夜光虫が発光して暗闇の水面に帯のように道が出来る。船の前方は大海原で未知の世界さ。ただ確実に自分の足跡は青白い帯となって水面に記される。

安住重一船長（石巻出身）がブリッヂから叫ぶ。「ナカジマぁ！　ワッチ交代だぁ」すっ飛んで操舵室に戻りラットを握り羅針盤を凝視して南南西《サーサーウエス》を目指す。さあ、行くぞ！　もう後悔はしない明日あるのみだ！

炎天にタール流して道普請

真夏のうだるような昼にアスファルトを剝がして道路を直している。そのために淡島通りの片道一車線が塞がれて渋滞している。冷房で窓は締め切っているのにタール系の様な舗装材料の臭いがクルマの中に忍び込む。

あれはインド洋の真っただ中で大きなうねりを乗り越えながら漁場を探しているときだった。三百五十トンの中型遠洋マグロ漁船の突先に船首の形に合わせた三角形の小部屋がある。大人が二人も入ればもう満杯で身をかわすこともできない空間に、大きな五右衛門風呂のような鉄鍋が据え付けられて電熱器でコールタールを煮立たせている。

猛暑の小部屋の中では二人の乗組員が手鉤で輪になった延縄の束を引っ掛けて、交互に泡立つコールタールへドブンと突っ込んでは引き上げる。この動作を片腕でひょいとやるが結構重い。それでも次から次へと二百束ぐらいを一息に繰り返す。タール染めされた延縄は防腐を兼ねて重量を増し海中に沈みやすくなるのだ。こいつはキツイ作業だった。これを縄染めワッチと呼んだ。

二十七人の乗組員の中で船長と機関長それに無線局長とコックを除いた二十三人が代わる代わるワッチを組む。ワッチとは当番の船員用語で、夜中の操舵が地獄ワッチ真昼の操舵が極楽ワッチになる。

一番キツイのが冷凍ワッチで、ブリッヂの真下にある冷凍室に入り甲板から送られてくるマグロを真水で洗い零下三十度の冷凍棚に放り込む。マグロを真水の桶に突っ込むときはゴム手袋はしているが氷混じりの風呂に入るようなもので感覚がなくなる。マグロは瞬時に氷の衣をまとってカチカチに凍る。だから品質が保持されるのだ。外は赤道下の灼熱で中は極地の厳寒だ。海が荒れたときは凍ったマグロがツルツルの石になって床を滑って飛んでくる。ヒョイと避けなければ骨折しかねない。まあ冷凍ワッチは凄かったね。

インド洋のど真ん中で低気圧を喰らって海が荒れた。ハウスと呼ぶカイコ棚で寝ていると、あんまり船が揺れるのでシャツの背中が擦り切れて穴が開く。そのくらい波に揉まれる。そんな時に決まって操業中の延縄がモツレを起こす。何キロもの長さの縄が釣り針ごと大きなダンゴになる。そこに鮫が掛かりエイが暴れて絡まる。モツレの始末に乗組員が総出で、大波に流されないように帆柱に命綱で体を結んで甲板で闘うんだ。

みんな疲労困憊して目が見えなくなる。その様子を無線局長の立浪さんがブリッヂから見て、美空ひばりの『港町十三番地』をスピーカーから流すんだ。するとどうだ、元気がモリモリと回復して無事故で仕事が終わるんだよ。だからアタシは人間にとって音楽は絶対に必要だと固く信じているんだ。

今でも道路工事のタール系の臭いを嗅ぐと、フーッと若き日のインド洋のマグロ獲りを思い出すのさ。あれから六十年も経つのにねぇ。

そういゃあアントキ東京じゃあ安保闘争で東大生の樺美智子が死んだりしてサワギだった。そんなこと立浪局長がマイクでガナっていたよ。まったくアタシたちにゃあ関係なかったね。時化と鮫と延縄のモツレとの闘いでそれどころじゃネェヤ。

冷麦に致しましょうかと雨上り

坂道を下れば別れ十三夜

樋口一葉の『にごりえ』が映画になったのは昭和二十八年のことだからアタシは中学生だった。おそらく麻布十番の映画館でみているはずだ。オムニバス形式で三話だった。その中の一話に『十三夜』があった。

中秋の名月の晩、実家の父に諭されて、気の進まぬ婚家先へ戻る娘が乗った人力車の車夫が初恋の人だったという短編で、映画好きのアタシには淡いやるせない記憶が残っている。

べつに初恋でも何でもないが上野の音楽会で隣に座った女性が帰り道に一緒になり、地下鉄で一駅なので送っていったことがある。青山一丁目で降りて赤坂新坂町の坂を下りていった。そのとき暗い屋敷町の急坂を冬の月が青白く照らしていた。

歩きながらその人は夜空を見上げて歌劇トスカの『星も光りぬ』のメロディを口ずさんだ。アタシはベートーベンを聞き始めたばかりでオペラなんぞまったく知らなかったが、その旋律が強く頭に残りトスカのレコードを神田のレコード社で買ったのだ。その人とは新坂のたもとで別れたきりだが、アタシの中であの晩の月光と一連の出来事が映画の十三夜に結びついてしまった。映画に出てきた車夫に自分を重ねたのだろうか。青春の一場面とはあんなものかも知れぬ。

冥界の殻つきぬけて曼殊沙華
秋日和大和言葉のお出迎え
長廊下色紙の古き秋の宿
冬隣り湯舟の人は皆無口

温泉が好きでよく出かけてゆく。全国アチコチ行ったものだが、年齢を重ねるにつれ数か所に絞られてきたようだ。馴染みの宿の方がコチトラとしても慣れもあり勝手知ったる安心さも手伝うのだろうか。それでも後継者がなくて廃業する名旅館もチラホラで、淋しい思いがないとはいえぬ。

近頃は露天風呂付きの部屋が便利で他人に会わないですむのでよく利用するが、古い日本建築で長い廊下を歩いて風呂場へ行くといえば、やはり会津東山の『向瀧』で一番アタシの性に合っている。歪みのあるガラス戸を透かして庭が見渡せ足元には池がある。紅葉を見てそろそろ冬囲いだねぇなんて言いながら、冷えた体を大風呂へ急がせているときがヒトキワ嬉しいんだね。

長廊下の棚には会津塗の漆器がチンマリと飾ってあり、壁には往年の有名人の色紙が掛かっていたりして、名士の筆跡がそのまま時を忘れている。戦争中に集団疎開した東京の学童たちが、戦後に成人してから贈った日本人形なんかがガラスケースに置いてある。

浴室のドアを開けると先客の頭が湯気の中にひとつふたつ。湯口から落ちてくる湯の音だけが聞こえ、天窓は暮れかかってほの暗い。静かに身を沈めて半眼になれば、温かさが体の芯までしみて気持ちが湯に溶けてゆく。

勘三郎光子昭一大晦日

中村勘三郎も森光子も小沢昭一もみんな申し合わせたようにしてあの世に逝っちまった。平成中村座も観ておいて良かったけれど若すぎるよ。惜しいよりも悔しいねぇ。十八代中村勘三郎は可愛い勘九郎ちゃんの時からテレビで芝居で親しんできたが、ご本人とは話したこともすれ違ったこともなかった。アタシが北沢川のお花見で六代目片岡市蔵とタマタマ盃をやり取りして親しくなり、片市の出演する舞台はいつも案内をもらっていたんだ。あれは中村屋の舞台で歌舞伎座へ行った時のことだ。楽屋で勘三郎が共演の片市に「中島さん来てるよ」と告げたそうなんだね。片市からその話を聞いてびっくりしたね。中村勘三郎という役者はなんて気配りのきいた人なんだろうとホンネで尊敬したよ。

森光子の『放浪記』は観ておかなければイケない気がして出掛けたのさ。出演してる知合いの山本學さんの楽屋に挨拶に行こうとした廊下で、バッタリご本人に出会ったがアタシはドギマギして声も出ずだった。

小沢昭一はアタシのテレビ番組で目利き対決を挑んできた。返り討ちのケツマツだったが、生きていてくれたらばアタシは粋人のお仲間に入れてもらいたかったものよ。昭和人の大先輩として慕ったものなのにねぇ。アンナ小粋で達者な人はもういないよ。

いろはにほ

碧眼と仲見世にいる年の暮

揚げたてを口で転がす蕗の薹

蕗の薹の一番美味ぃのは残雪が溶けかかってゆく雪縁の先で、雪の天井を押し上げようとして土から伸びあがった淡緑色のヤツさ。

そいつをカミさんが天ぷらに揚げている傍で、隙を見てはホイホイつまんで口に放り込む。熱くって舌の上を転がしているときがコレゾ蕗の薹のダイゴミというもんだ。

この句は業俳の矢島渚男先生が採用して下さり、角川俳句年鑑の句選に載ったんだ。

ダカラ遊俳のアタシとしては記念の一句なのよ。

壺焼や利休鼠の雨に酌む
春風や山寺登る孫娘

孫が四人いるが小学六年生になる前の春休みに泊りがけの旅行に連れていくことにしている。親からもぎ取ってジジババの旅に付き合わせるわけだ。

一番上の孫は札幌だった。これは本人の希望でアニメの舞台が北大だったらしいのだ。次の孫は平泉の中尊寺から山寺のコースで芭蕉の奥の細道を味わうことにした。平泉から仙台経由で作並温泉に一泊して山寺に向かった。山寺のつづら折りの石段を登ってゆけば、孫は身の軽さで飛ぶようにして先へ行く。一休みして上を見上げれば遥か上の方にひらひらと舞う孫娘の姿があった。

三番目は金沢へ開通したばかりの新幹線で行った。最後の孫はまだ低学年でこれからだが、どこへ連れていくのか決まっていない。コイツは大人びていてチト手ごわいのだ。カミさんと茶飲み話で「倉敷の大原美術館ナンカどうでしょうねェ」なんて言ってるがね。

アタシの気持ちとして、カネは使っちまえば無くなるケド、旅の思い出は残るんだてぇトコロ。だから子供達は学生時代に中国大陸の長江の船旅に連れて行ったのサ。長女長男次男、おかげでアタシは上海と重慶の上り下りを三回やったわけになる。

花冷えや酒の香残る通り抜け
突堤に少年ひとり蜃気楼

あれは免許証の書き換えで鮫洲の運転試験場へ行った時のことだ。鮫洲駅から京浜運河の辺りを回り道して歩いてゆくと沖に突き出すようにして突堤が延びている場所がある。

ふと見ると遥か突堤の先っぽに少年が一人座って沖を見ている。その様子が幻想的でなにかそこだけ空気の澄んだ別世界のように見えた。少年の目線の先は広い水面が広がるだけで、京浜工業地帯の建物やパイプラインは蜃気楼のように霞んでいる。

免許の更新には二時間余りかかっただろうか。同じ道を駅へ向かうと、またあの突堤のたもとに差し掛かった。なんとなく目を向けると突堤の先にあの少年がさっきの姿のままで沖を見つめていた。

いろはにほ蛍流れて川の音

てのひらに蛇の臭いの帰り道

新涼の空の青さや一番機

赤とんぼ遺影の額の軽さかな

血縁はないが親戚の青年が亡くなった。彼が生まれた時から、ウチへ遊びに来るとだっこしてやったり少年時代になると山の話をしてやった。旅が好きでノートに絵入りで紀行文を記している青年だった。就職したときに「オジちゃんが有名なうちに結婚しろよ、披露宴でスピーチしてやるからな」と再三言ったものだ。

荒川の河川敷に近い市営葬儀場で会社の同僚たちに囲まれて葬儀が行われた。初秋だったので川辺から飛んでくる赤とんぼが葬祭場の中にまで迷い込んできた。

骨壺を母親が持ちアタシが親戚代表で遺影の額を抱えて葬列が進んだ。その額縁のあまりの軽さに抱えている手が上がって写真を顎で押さえていた。有名人のアタシが遺影を抱えているので会社の同僚たちは驚いたらしい。親戚とは知らなかったのだから当然だろう。結婚式の披露宴で登場するはずだったのに、予期せぬ一本刀土俵入りだった。

錦秋の山に小さき小海線

佐久穂の山荘へ行くには、野辺山を越える中央道コースと八風山《はっぷうさん》などのトンネルを抜ける関越コースの二通りがある。どちらを通るかはその日の気分次第で、往路も帰路もあてずっぽにスタートする。

佐久甲州街道という国道一四一号線はほぼ小海線の鉄路に沿っているが、小海町と北杜市の間は電車と交差したり並行したりして野辺山高原を越えている。このコースは渓谷を渡り八ヶ岳の裾野をひた走る山岳道路なので、雄大な景色にことかかない。ここを通りたいものだから往きに関越を通れば帰りは野辺山を越え又はその逆もあるという、山荘への往復は東京を起点とする大回遊路となる。

とくに錦秋の季節は目の覚めるほど風光明媚になる。八ヶ岳は新雪を抱いて輝き山も谷も紅葉で真っ赤になる。こんなとき一両で走る高原電車を遠目で見ると、チッポケで山に包まれてしまうように見える。ソンナ頑張って走っている姿が可愛らしいのだ。

恋瀬川訪えば拡がる枯蓮田

なにかの本で恋瀬川という粋な地名を知り古典に出てくるのか、ハタマタ芝居の舞台にでもなっているのかと気になった。

偶然なことに仕事の出張で恋瀬川を通過することになる。そこは常磐線の土浦を過ぎて石岡へ向かう辺りだったが、一面の蓮田が風景を埋め尽くしていた。季節は冬の初めで枯れた蓮の大きな葉っぱが折り重なり、ゴム合羽を着た人たちが胸まで蓮田に浸かり蓮根の収穫に忙しそうに働いている。

蓮田を分けて一筋の流れがあり、それが恋瀬川で霞ヶ浦に注ぐ利根川系の支流だった。列車の窓だから一瞬の眺めではあったが、それは茫々と果てしない光景で蓮田の水の冷たさが車中のアタシにまで伝わった。

調べてみたらば鯉がたくさん住みついて昔は鯉瀬川だったそうな。それがいつの間にか恋瀬川になって演歌の新曲が生まれたんだと知った。なあんだガックリ、物事はあまり探求しない方がいいのかもしれないね。デモネ、鯉の瀬よりも恋の瀬の方がズキンとくるもんなあ。人間ヤッパリ情感だよなあ。

昔アタシが『南青山骨董通り』を作詞したとき、指導してくれた飯田三郎先生が「歌は情感なんだから現実にないものでイイ。ネオン川だってそんな川はないし、港町ブルースの背のびして見る海峡だって背のびしなくても見えるけど、それじゃ歌にならない」と宣った。ちなみに『骨董通り』の作曲は飯田先生の手になる。先生は『ここに幸あり』の作曲家だ。

ストーブを囲む級友通夜の席

あいつだけは死んでほしくなかったという同級生が亡くなった。石垣祐之輔といって築地の生まれで生粋の下町っ子だった。高校を卒業して半世紀になるのに、クラス会がまとまっていたのは多分に彼の人間力がある。

週刊朝日のグラビアに太陽族のキャプションで登場した姿は皆が覚えている。髪は慎太郎刈りでアロハを着て下駄ばきで銀座の角に立っているんだ。時は昭和三十年前後の頃だ。お堅い学生服しか知らないアタシたちにとって、彼の粋な姿は驚きを通り越して畏敬の念を抱いたものだ。

母校の芝学園は浄土宗宗門の男子校で、僧籍の子弟も多くあとはサラリーマン家庭と自営業や医師の息子たちがいて、素直で真面目な生徒が集まっていた。

石垣は築地から芝の学校へ登校する途中でタブロイド判のエロ新聞を買ってくる。おかげで一時間目が始まる前にアタシたちは石垣から性教育を受けるのだ。運動会の準備などは石垣の号令以下全員が結束して一糸乱れず事にあたる。モメゴトが起きた場合は大抵は石垣の裁量で丸く収まる。職員室に呼ばれて謝ってくれるのも石垣の任務だった。

卒業してしばらくはウオッチの輸入業をしていたらしいが、渡米して最新のアメリカ文明を身に着けて帰国している。アタシたちにまだ日本ではなじみの薄かったクレジットカードをもたらしたのも石垣だった。

その石垣が死んだ。まだ七十代のなかばだった。通夜は門前仲町に近い深川の集会場の一室だった。集まった級友たちは誰も気色ばらずストーブを囲んで、一時間目が始まる前の時のように話し込んだ。ただそこに石垣がいなかっただけの話だ。

燗酒や喉のあたりの涙かな
紅梅や背丈揃いし三姉妹

ずいぶん昔のことになるが商売を始めてしばらく経ったときに、岐阜県の大垣へ買い出しに行った。なぜ大垣かというと独立営業して初めて出かけた先が岐阜県だったからで、他に縁故がなかったのだ。大垣には老舗の骨董屋が数軒ありそれぞれが何らかの縁でつながっている。だから一軒と顔馴染みになれば他とも心安くなれるのだ。

修業ともいえないが伯父の店で下働きしていたときは、ケッコー茶道具のいい物をイジッテいた。伯父は茶道具商の名門『水戸幸』の出だったので、一流の交換会へも出入りできたし茶会や展観もトップクラスだった。御蔭でアタシは名品名席のエキスを充分に吸収したんだ。ダケドネ、いざ商売となるとソレハ高嶺の花さ。手っ取り早く商いになるモンは古伊万里だったのヨ。当時は「幕末の雑器」といわれたけどネ。

古伊万里の皿小鉢だとか古民芸の木製品などクルマに一杯買い込んでも安かった。当時の貧しい仕入れ資金でも十分まかなえたのだ。

そのとき買った漱石の猫の初版ではないが古い判本を、これも木臼の古いのに入れてガラス板を上に嵌め小卓にした。これなんか数十年経った今でも由美の家で使っている。

仕入れが一通り終わって何処ぞ宿はないだろうかといえば、人の好い主人が「この地は昔遊里だった場所で、女郎屋の建物が宿屋をやってますが」という。みれば通りの向こう側に連子窓の赤い塀がある。

アタシは昭和三十三年の売春禁止法以降の社会人なので写真以外で遊郭を知らない。別に泊まれるところなら何なりとで色ガラスの灯りの入り口をくぐったのだ。食事は朝だけですがヨロシイかなといわれ、それも結構夜露をしのげればと部屋に通された。

部屋に座ってキョロキョロ見回して驚いた。欄間天井すべて結構ずくめ浮彫で小鳥が飛んでいる。床の間も違い棚もちんまりとした造りで隙がない。こりゃあ余程の太夫が使った部屋なんだろうと思ったが何とも居心地が悪い。トテモ眠れぬわいと観念して小障子をスーッと開けたら、目の当たりに白梅が数輪夜の闇の中にほーっと浮かんでいる。まさにその情景は宋の詩人杜秉《とへい》が読む寒夜の世界だったのだ。

寒夜　杜秉

寒夜客来りて茶酒に当る
竹炉湯沸いて火初めて紅なり
尋常一様窓前の月
わずかに梅花有りすなわち同じからず

高畠の駅に送る子春の月

新幹線（やまびこ）で山形からの帰りに暮れなずむ高畠駅で少しの停車をした。折から奥羽山脈の上に春の月が昇った。ほのかな薄桃色の夕空に大きな満月が空ににじむようにして浮かんでいる。

高畠は歴史の古い土地だ。伊達家のあと代を経て織田家が治め、度々幕府の天領となり小藩なので近隣との軋轢もあった。だから人々は努力した。海戦で撃沈したイギリス軍艦の乗組員を救助した艦長もここの出身だ。高畠は物語の地だ。

ふと線路の向こう側を見ると数人の子供たちが柵に寄りかかって手を振っている。誰かの見送りではなく東京行の列車に挨拶をしているようだ。この子たちもやがて東京へ行って苦労するんだろうか。その時に高畠人の誇りと、この春の朧月を忘れないでおくれ。

行く人の影も緑や走り梅雨
飛魚の飛んでずぶりと波の壁

飛魚のことを漁船員たちはトビと呼ぶ。遠洋マグロ漁船のブリッヂから見ているとトビが真っ青な波の上を飛んで行く光景に明け暮れる。黄色の長い鰭を飛行機の翼のように体と直角に伸ばして風を切って真っすぐに飛ぶ。

インド洋の強烈な日差しにトビの翼は黄色い扇のように輝く。そして紺碧のうねりの壁を突き刺すようにして海中に戻ってゆく。勢いがいいのでしぶき一つ上がらないでズブリと海に潜り込むのだ。

昼間は海面すれすれに飛ぶが夜は違う。海面より七メーター位の高さに位置するブリッヂの灯りを目掛けて飛んでくる。ブリッヂの窓を開けておけば数匹のトビが投身するようにして飛び込んでくる。艦橋の床をバタバタ叩きながら跳ね回る。ワッチに当たっていた操舵員がトビを捕まえる。そしてトビを食らう権利は彼にある。船倉で点けっぱなしのだるまストーブに乗せてコンガリ焼いて頬張る。トビの食べ方はコイツガ一番美味い。

冷房の書店で妻と待合わせ

アタシの行く書店は銀座の『教文館』だ。以前は十日に一度は教文館の本の匂いを嗅ぐのを良しとしていたが、さすがに今日日はしんどくなってそれでも三週間に一度くらいのペースで出かけてゆく。

店内を読み歩くコースも決まっていて一巡した後でアレとアレとコレという風に買い入れの書籍をカウンターへ運ぶ。今では買おうと決めていた本が思い出せなくなってしまうので、一冊決めてはカウンターへ運んで積んでおく。これが結構楽しいのだよ。

本を買うことは著者の執筆に協力することだと思っている。わずかの書籍代で著者の労した膨大な作業の成果をコッチのものにできるのだからカネで済むことを感謝するのだ。だからアタシは図書館で読みましたと言われると面白くない。本は買えと言いたい。

カミさんとは趣味が異なるので選ぶ本はそれぞれ別になる。そしてアタシは初版の単行本を買って積ん読《つどく》にしておくとやがて文庫になって出るから、改めて文庫本を買って読むことになる。だから家の中が階段まで本に埋まるのだ。それでもひと月教文館に行かないと体がムズムズするんだね。

新涼や分る顔して新アート

「これアートですよぉ」といわれてヘンチクリンなものを見せられるとドット疲れる。思い付きであったりエロだとか奇抜なだけの造形や絵画のなんと多いことか。オフザケでないよ。

創作というものは手抜きであってはならない。そして生命力みなぎる命懸けの仕事でなければアートとは言えないのだよ。見た途端にグッとくる。あとでモ一度見たいという気持ちが起きる。士農工商いわれて納得するようじゃ、アートじゃないんだヨ。

天涯に一粒

少年団かがり火守る初詣

船宿の文字のいくつか春の川

軒に吊る花みな清し夏羽織

伊豆沖を過ぎて航路は梅雨に入る

初夏のカラッとした東京港を出港して小笠原を目指すとやがて大島を横目にして伊豆半島の沖を南下してゆく。黒潮の流れを横切る辺りから梅雨空になって視界が曇る。これが天気予報で言う湿舌というやつで、日本列島に沿って南西からベロの形で雨雲が伸びているのだ。あと十日もするとこの湿舌が北上して、関東地方に梅雨入り宣言が発出されるというわけだ。

黒潮の流れはホントに黒い。海水が澄み切って深海の暗さが見えるのだ。そして泡立って滔々と豊かに流れ、膨大なエネルギーを南から運んでくる。

かつて海洋物理学の泰斗宇田道隆博士から教わったことがある。黒潮のエネルギーを取り出すことが可能ならば、日本の必要とする電源はすべてをまかなうことができると。アタシにはそのような能力も情熱も持ち合わせがない。誰か取り組む人がいないものか。

山の湯に浮かび麓の遠花火
苦潮の帯を引きずる釣小舟
諏訪町を音なく滑る風の盆

古陶磁器修理の鬼と謳われた繭山萬次が主催して、萬ちゃんの出身地である富山県の風の盆へ誘われたことがある。一行は陶磁学者や神通静玩堂主人など一流のメンバーで八尾町の料亭『綿宇』に席を取った。

午後の日差しのまだ高い頃に井田川沿いにある桂樹舎・和紙文庫を見学して辺りを散策する。八尾の町は尾根筋をたどる街道沿いに発展した街並みなので、井田川からは見上げる目線の先の山筋の上にあって見えない。ただ山の上からは風に乗って管弦の音がしきりに聞こえてくる。土手筋で獲れたばかりの鮎を塩焼きして商っている。

焼きたての香ばしいヤツを新聞紙にくるんでくれるので、ホカホカしながら食べて歩く。

八尾の町屋は表通りに面した店舗や玄関の出入りは一階だが、建物の奥は谷底へ向かう斜面に建っているため三階とか四階になっている。風の盆の踊りはこの尾根筋の表通りを流れるようにして下ってゆくのだ。

綿宇で会食が始まり宴たけなわの頃に風の盆の踊りが席へなだれ込んできた。男衆は雄壮に踊り、女衆は色っぽく優雅に舞う。

八尾の街道は尾根筋を上ってゆくと途中で二股に分かれている。山に向かって左筋が諏訪町の筋になる。宴会がはねてからユルユルと通りを上ってゆくと、街道の三叉路で姉妹が越中おわら節を演奏している。姉が胡弓を弾き妹が三味を弾く。かなりの高音だが夜空に吸い込まれるようにして哀切な余韻を残す。

夜も更けて十二時を回るころ、諏訪町の上の方から風の盆の踊りが音もなく舞い降りてくる。点々と石灯籠に点る火が街道を照らし石畳の道を踊りの履物がかすかに鳴らす。夜空に舞い上げる白い腕はぴたりと息が合って泳いでいる。遥か坂の上から踊りの列が次から次へと静かに進んでくる。ああ、これを味わうために昼から待っていたんだよ。

木犀の香を傷心の人は避く

近くの羽根木公園に大きな金木犀が何株もある。季節になると橙黄色の小花がこんもりした枝葉にびっしりと咲く。その年の気候によっては九月と十月に二度咲くことがある。

毎朝の運動をしていると金木犀の香りがフワッと鼻孔をくすぐり、見回すと一斉に咲いているのでオヤマアと気が付くのだ。甘い匂いとも違うし優しい匂いとも違う。なんとも心地よいのどかな催眠力のある香りだ。

金木犀の香りを嫌がる人がいる。これは個人の趣向だから訳を聞くだけヤボというものだが、金木犀の香りを季節感でとらえるアタシには分からない。嫌な思い出とか連想で嫌うのではなく、臭いの本質がタチに合わないのだろうね。アタシから見れば気の毒にと感じ、そういう人はナニカで心が傷つき甘美な香りが胸苦しいのだと思いたいよ。

錦秋の山を貫くリニアかな

羽田から西へ向かう飛行機便は大阪行きは相模湾上を飛ぶが、大阪以西は相模湖から甲府を目指して中央線に沿って飛ぶ。離陸して十五分もすれば東京上空を過ぎて幾重にも拡がる山の上にいる。

品川を起点とするリニア鉄道は地下を突っ走り山梨県郡内地方の山塊を一気に直線で貫く。飛行機から見ると大月あたりで山からスポッと飛び出してすぐまた山に潜ってゆく。上空からは見えない線が一直線に立体地図に引かれているように感じる。

山々は燃えるような秋の紅葉だが、リニアに乗ったらば季節感はなかろうにね。アタシには縁のないリニアだがね、それでも完成したあかつきには乗ってみたいという好奇心はある。狭い日本にゃ必要ないと思うがアメリカやオーストラリアに敷設したならば十分役に立つんだろうね。コリャ将来への投資かなんて考えてヘンに安心しているのさ。

山雀《やまがら》の争う餌皿午後となる

山荘のテラスに餌皿を置いてヒマワリの種と麻の実を山盛りにすると、部屋へ戻るか戻らないうちにもう小鳥たちが来てる。

まず五十雀が交代で来る。ひとしきり騒いだあとで今度は四十雀と小雀《こがら》がくる。最後に登場するのが山雀でこの子は長居をして水浴びまでする。餌台で啄めばいいものを一粒咥えては近くの小枝に飛んで行きそこで食べすぐに舞い降りてくる。小鳥の群は小半時もするとフイといなくなってシーンとし、気が付くとまた来ている。山荘にいるとこうしてボーッと小鳥たちを見て半日過ごす。

初秋の羽根木公園で朝の散歩のときに団栗をバケツに一杯拾ってくる。一週間も放っておくと足長蜂の白い幼虫が団栗の殻を破って出てきてバケツの底に溜まる。そいつを山荘へ持ってきて餌皿に入れてやると小鳥たちは大騒ぎになる。「お肉だよ、お肉だよー」という山雀の歓喜の声が聞こえるのだ。毎年アタシの秋はこうして始まる。

秋気澄む空を映して甕の水
四万の湯や蒸風呂暗き冬隣り

四万温泉の『積善館』はアタシの好みの湯宿の一つだ。建物は谷の傾斜に沿って大まかにいって三棟ある。一番有名で映像などで映される本館は江戸時代の湯治湯の面影をよく遺している。玄関前に掛かった赤い欄干橋の風景はアニメの『千と千尋の神隠し』のモデルになっている。山の中腹に建つのが山荘と呼ばれる純日本建築の棟でアタシは大抵ここの一部屋をとる。一番上にあるのが近代的な佳松亭で、中島家忘年燃える大宴会はここの部屋をよく使った。

本館の脇に川に臨んであるのが元禄の湯でなんといっても積善館のオタカラだ。元禄なんていうと㊙物語風で俗っぽく聞こえるが、どうしてコノ本館は江戸時代元禄期の建物なのだよ。そして大浴場は完璧な昭和初期のアールデコスタイルなんだね。

いくつも並んでいる浴槽はそれぞれ微妙に湯加減が違う。湯は川床からジカにこの風呂場へ湧いているので湯の芯が温かい。成分の結晶にくるまれた湯口を見ながら身を沈めると、ボーッとなりいつものことながら心も体も透けてフニャッとなる。

浴場の脇に小さな引戸の小部屋がある。内部はタイル張りの寝椅子になっていて湯を汲んでザーッと流して身を横たえる。引き戸を閉めてしまえば暗闇で狭い空間に湯気が満ちる。自然に瞼が重くなり外は雪なんだろうなぁとまどろめば、たちまちタイムマシンでハートは大正か昭和初期の世界に飛んでいる。だからこの蒸し風呂を出ると一瞬自分がどこにいるのか分からなくなるのさ。それが好きでまた行きたくなるんだね。

来し方や妻と黙して鰻喰う

遠のぞき銀杏もみぢの絵画館

句誌届き佳作から読む冬日和

下り坂尾灯の帯の冬に入る

…金色のちひさき鳥のかたちして銀杏ちるなり夕日の岡に…は与謝野晶子の和歌で、鎌倉の鶴岡八幡宮の大銀杏を詠んだものだろう。この大樹は源実朝を斬った公暁が刀を構えて隠れていた銀杏だと子供の頃から聞かされてきたが近年倒れてしまって若木に代替わりしている。

晶子の和歌の印象があまりにも強いので銀杏黄葉を見るたびに口ずさんでしまい句

作が難しくなってできないでいる。

十二月の声を聞くようになると毎年カミさんと神宮外苑の銀杏並木の黄葉を見に行く。青山通りから入ると正面に絵画館が見える。一度だけ絵画館を観覧したことがあるが何ものにも媚ない堂々とした石造建築の風格と展示されている絵画群の揺るぎない気迫に圧倒されたことよ。明治の人間は素晴らしかったな。

老若男女みな歩く。銀杏黄葉に輝いてお洒落してそぞろ歩く。その様子はみんな銀杏のひとひらになったようだ。冬の陽ざしは低いので午後になると銀杏並木はビル群の陰になり美しさが半減する。だから必ず午前中に歩くんだ。

あれは昭和三十四年だったっけ。明仁皇太子と美智子妃殿下のご成婚の馬車行列を、この並木の下に座って祝賀奉迎したのは。あの日は新葉に映える陽ざしが輝いて日本の未来とアタシたちを祝福していたねぇ。絵画館の方向から馬車が近づいてくると美智子様のティアラがキラキラとまぶしく煌めいていた。馬車が目の前に来るまでは静かで通り過ぎたとたんに皆一斉に万歳を叫んだんダ。

銀杏並木を二回りしてから南青山二丁目の『大江戸』で鰻の蒲焼を食べるのがアタシたち夫婦の恒例となっている。こぢんまりした席に座ってカミさんと黙って鰻をパクつくのさ。そしてしみじみ幸せを感じるんだよ。

満月の野末に重き十二月
木枯しに渡船も航かず昼の酒

もう今は廃業してしまったが柴又の矢切の渡し近くに江戸時代から続いた川魚料理屋があった。その頃グルメ仲間を作っていたものだからアチコチと老舗巡りをしていたのさ。柴又は寅さんで名を上げたがアタシは細川たかしの演歌の方で親しいんだよ。

鯉の洗いと泥鰌の柳川鍋でキコシメシてから江戸川の土手を歩いたが初冬の風が薄着に沁みて早々に退散した。それでも矢切の渡しを訪ねた満足感で駅前でまた一杯やったんだ。

渡船が出るわけでもなし出たとして乗るわけでもないが、飲むほどに酔うほどに飲み屋の前の道路が大川に見えてきて、♪つれて逃げてよ♪なんて演歌の歌詞の気分になってくる。柴又とはそんなところだった。

関八州火事一つあり夜航便

新幹線が開通するまで北陸へは飛行機で通った。往きは北アルプスを越えていくが、帰りの羽田行は名古屋上空から太平洋を飛ぶ。たまに気流の関係で帰りの羽田行が逆回りして新潟あたりから列島を横切ることがある。

仕事帰りなので羽田行は必ず夕方から夜になる。薄闇の海岸線から陸に入り谷川岳か日光あたりを越えて日の暮れた関東平野上空をスーッと音もなく飛んでゆく。東京の明りがボーッと行く手の空をそめて真下はもう夜のとばりが下りている。

一面真っ暗な大地にポッと赤い火が一点見える。火事だ、何処だろうと思う間もなく飛行機は夜空を滑る。何ごともなく着陸したときには誰も火事のことなど覚えていない。

雑炊の鍋かき回す猛き女《ひと》
天涯に一粒落ちて冬木立

アタシは冬の陽ざしを浴びて力強く立っている落葉樹の並木が好きだ。厚い樹皮の内側にはやがて来る春のためにエネルギーが籠められている。そして寒さに負けず力強く天に向かって枝を張り出している姿がいい。

どこの誰だって天涯すなわちこの宇宙に一粒こぼれ落ちた種子《たね》だよ。やがて芽吹いて年月を重ねて大樹に育っていくのだ。すっかり落葉した木の幹は虚飾がなくてありのままの姿を見せる。それは耐え忍んで明日を待つ人の姿に重なるのだ。

底冷えの蔵に転がる皿小鉢

近江路の冬は寒い。寒さというより凍てつく空気が乾燥して体が瞬時に硬直する。そんな彦根地方を旅した時に百年も開けたことがない土蔵があるけど中へ入ってみますかと住人に言われた。暖かくなってからにしましょうと返事をしたならば、近所の目があるので冬でなければまずいという。あの家は蔵出ししてカネにしたらしいなんてすぐに噂がたつそうだ。冬ならば閉じこもっているのでご近所に知られなくて済むと屋敷の当主がアタシの顔色を窺う。

蔵の分厚い扉をこじ開けて一歩入ると百年の乾燥した空気のニオイがする。一階は床が無くて土間になっている。取引の帳場で使用した銭函が空のままで積んである。昔は商家だった名残だ。二階は立派な板の間で宴会で使用した塗り物の膳椀の箱が並んでいる。大きな長箱は六曲一双の金屏風だ。あとは衣類と布団の長持が場所を塞いでいた。むき出しで積んである徳利や皿小鉢の山は百年の閑居に耐えて石の肌合いになっている。

冬の蔵は生物の生存を許さない異次元の世界だ。水が凍れば氷になるだけだが、埃が凍ると時間を吸い込んでしまう。六十がらみのアルジは生まれて初めて入りましたと興奮していたがアタシは早々に御免こうむったね。

鳥海の裾をひたして春の海
色あせて山路に回る風車
両隣蜆を移す鍋の音

蜆を水を張ったボールに一晩つけて砂を吐かせてアルミの鍋に移す。その音が結構けたたましく響くものだ。ザーでもないしガーでもないが耳に心地よい健康的な音だ。

昔は蜆売りが早朝の横丁を流してきてご近所の何処でも蜆の味噌汁を作ったものだ。落語に「アサリィー、シジミーィ」と売り声が聞こえてくるのを「あっさり死んじまえー」と聞いてしまう噺がある。アタシは子供の頃から落語が好きで昭和二十七年から三年間だけ興行した麻布十番の寄席『十番倶楽部』の常連だった。このネタは多分そこで仕入れたものだと思う。

だから両隣の蜆の音を聞いたわけではないが、活気にあふれて健やかな朝の町屋の風景が心に浮かぶ。味噌汁は蜆が一番美味い。その味わいはこうやって鍋に移すときの音から始まっているのだ。真空パックの蜆は喰わないではないが、やっぱり生がいいねぇ。

竹床几杉村春子の町芸者

なんの映画だったたっけなぁ。町芸者に扮した杉村春子が通りに面した竹床几に座って団扇を使っている。パタパタせわしなく扇いで下世話な話をしている様子が、もうなんてったたって岡場所の芸者そのものなんだ。

六本木に俳優座が出来たとき何度か覗いている。千田是也の『タルチュフ』とか三井美奈の『アンネの日記』なんぞアタシはちゃんと観ているんだよ。当時は新劇の役者たちが映画に出て劇団のために稼いでいたというが、お陰様でアタシは名演技に浸ることができた。

杉村春子で忘れられないのは今井正監督の『にごりえ』だ。亭主の源七が酌婦のお力に入れあげて妻を離縁する。その妻を杉村春子が演じているが、子供の手を引いて源七に会いに行くカミさんの立ち振る舞いが目に焼き付いている。いい役者だったねぇ。

高峰秀子にチョット触れてみる。知り合ったのはアネさんが四十代半ばでアタシが三十代初めのことだから、映画界とはそれ程深くはない。なにしろホンネだけの人でウソが無い。そのつもりでいると何時かタテマエになっている。その境が模糊としているところに魅力があるんだな。

映画で良かったのは『あらくれ』の演技よ。気性の荒い「お島」の姿は、デコちゃんじゃなくてアネさんのホンネだったんじゃないのかねぇ。

役者は芯から役者であって欲しいものよ。何やってもいいからスジを外すなよネ。

巴里の黴

革表紙書棚に巴里の黴匂う

初めてヨーロッパへ行ったのは七〇年代初頭で三十四歳のときのこと、パリやロンドンの骨董屋には古伊万里や柿右衛門がゴロゴロしていると聞いたからだ。いわゆる後に言うところの里帰り伊万里のことだね。

一緒に行くというより連れて行ってくれたのは大谷洋という同世代の骨董商だ。この人はアタシが初めて店舗を構えた麻布霞町（西麻布）の近隣で西洋古民芸家具を商いしており良いとこの息子だった。父親が戦争中に国鉄仙台管区の車掌で敗戦の時に砂糖満載の陸軍の貨車を押さえ、終戦直後の甘味に飢えた時代にこれでアイスキャンディーを作り財を成したという。ま、こんな人沢山いたねぇ。

さすがに大谷は趣味が豊かで、着ているものもセンスがいいし言葉遣いに品がある。ガラッパチのアタシには見習うものが多々ある人だったね。パリに着いたら帽子とコートを買えという。いうとおりにしたら今度はシャンゼリゼ大通りにある『フーケ』

というカフェ兼レストランに連れていかれた。帽子とコートは入り口で客席係に預けるために買わされたのだ。ノーハットノーコートでは相手にされないんだというわけだ。フーケはレマルクの名作『凱旋門』で「平和になったらまたフーケで会おう」といってレジスタンスたちが別れた店だ。赤いブラインドの店は今でも健在だ。

アムステルダムでは一六二七年創業のレストラン『五匹の蝿』に行ったし、ロンドンでは着いたらすぐ『シンプソンズ』のローストビーフを喰いに行った。女王陛下お好みと聞いたんだね。ウマかァないが雰囲気は良かった。

大谷が古家具を買い付ける間にアタシは古伊万里を買い込んだ。オッカナビックリだものだから大した品は買えなかったものの相手の骨董店主たちがウブだものだから結構儲かったね。一番の掘出しは小林清親の版画で『両国花火之図』だ。露天市で二百円だったものが東京の市場へ出したら十五万円だった。肝心の古伊万里はまあまあだったがオランダの馬小屋アンティークで七千円で見つけた色絵美人人形一対を別々に売ったらば一本が百万円に売れたのにはタマゲタね。

それで行く先々の骨董屋で埃を冠って並んでいる天金革表紙の古洋書を見つけたんだ。値段を聞くと大層な安さだから綺麗なヤツをゴソッと買ってみた。読めるわけではないが銅版画の挿絵が面白いんだね。そこで全集で二十世紀初頭までの版であること、値段は日本円で二千円まで、装丁が美麗なことと基準を設けてカタッパシから買ったのさ。

ついでにロンドンの古家具屋で、ビクトリア朝の本棚を十四万円ほどで購入して全部船便で送ったのだ。横浜の税関から連絡が来て取りに行ったら、この本棚は裏板があるから食器棚とオンナジで輸入税が掛かる。本棚にしたいんなら板をブチ抜けとランボーなことをいうんだ。そうはいかないから購入価格以上の関税を払って引き取った。

今の家を建てる時に本棚が大きいので壁を作る前に本棚を先に置いてから造作した。だから書斎の主のような顔してアタシの椅子の後ろに鎮座ましましている。たまに扉を開くと革表紙の黴の匂いがフワァと鼻孔をくすぐり若き日のヨーロッパ旅行を思い出すのさ。

マラッカに立ちて卯波の船を見る

マレー半島のマラッカに行ったとき丘の上に築かれた要塞の跡を観光した。赤黄色の砂利が敷かれた石の台座に青銅のカノン砲が海を睨んでいる。対岸にはスマトラ島の低い丘が延々と横たわり足下にはマラッカ海峡が白波を立てている。

狭い海峡をタンカーやコンテナ船小型船がせわしなくあるいは悠々と往来していく。海峡を北に抜ければインド洋で南にむかえばシンガポールから南シナ海だ。ここは軍事的にも交易においても歴史上で重要な役割を果たした海の回廊なのだ。

あの日アタシは二十二歳だった。この狭い海峡を三百五十トンの中型マグロ船の甲板員としてラットを握って抜けて行った。夢と希望そして諦めと不安を半分ずつ持ちながら、漠然とした未来へ向かってこの海峡をインド洋へ進んでいったのさ。何もなかったあの頃は躍動する若さだけがただ一つの味方だった。だから還暦でマラッカを訪れた時に感無量で海峡を眺め続けたわけさ。

山開き資材軽々へリ渡る

日高路は鉄路と海と鴉の子

恐々《こわごわ》と撫でる駿馬の目に青葉

軽トラに僧侶を乗せて村の盆

短夜やテントを畳み岳仰ぐ

岳とは南アルプス白根三山の北岳のことだ。まだ夜叉神峠越えの道路が開通していなかった頃の話で、北岳登山は中央線の日野春駅から歩いて行った。前衛の早川尾根を越えて広河原のテント場に暗くなってからたどり着き、次の日はもう完バテで白根御池まで少しだけ登り露営した。

三日目の朝は午前三時起床で四時に登頂開始、通称草滑りの難所をよじ登る。頭上には北岳山頂が見えているのに容易なことでは高度が稼げない。そして七時にようやく山頂に立つことができた。

この時の北岳初登頂は丁度二十歳で、夜叉神トンネルが開通してからは三十歳と四十歳の時の都合三回登っている。今でも中央道を走って甲府盆地の向こうに白根三山が見えると、懐かしさに山の女神に軽く会釈するのさ。

風鈴が客の背を押す呉服市
説明を蛍の里の昼に聞く

伊那谷の一番北奥に位置する辰野町にはゲンジボタルの繁殖地がある。この町の名所は日本の中心地だということでゼロポイント地点がある。行ってみたが山の中にあり離れた崖の柵の上から見るばかりで樹々に埋もれて近づけない。だから見晴らしのいい場所にポイントを移してありますと土地の人にいわれた。そこには辰野町出身の洋画家中川紀元の筆になる日本中心の標があるといわれたが、まあイイやということになって行かなかった。

ところがホタルの方は天竜川に沿った公園にあるというのでご親切に甘えて散策した。そこは細流が迷路のように幾折れもして流れホタルの幼虫が住んでいるという。公園は谷間に開けた気持ちの良い場所で、頬に吹く風が心地よい。ホタルを見るのには六月半ばの夜でなければといわれ、ああ昼間は見えないんだと当たり前なことに気が付いた。

短夜や妻は曳かれて女子医大
五十年聞きし声なき梅雨の朝

箱根の『山のホテル』へ泊まりにいって芦ノ湖に突き出したレストランで昼飯をした。新緑で気候もバツグンなのにカミさんに元気がない。いつもは小鳥みたいに喋るくせに口が重いのだ。ハッとして半世紀フル回転していたエンジンの調子が悪いのに気が付いた。

これはヤバいと女子医大に駆け込んで診察してもらえば、かなり悪いですとのご宣託を頂いた。すべてお任せします宜しくお頼み申しますと担当の井上雄志先生に頭を下げた。数回の検査のあと入院てぇことになる。カミさんは予定を立ててアタシのテレビ出演用のキモノのローテーションを組む。半襟の仕立てから羽織の紐まで収録の五回分をパッチリと、ナンヤラ戦地へ出征するミタイだ。

アタシは完治を信じていたね。神頼みナンカしやしないよ。現代医学に全幅の信頼をおくんだ。そしてウシロを振り向かない。

カミさんのいない家の朝ほど虚しいものはないね。呼べど答えずとはこのことだ。家じゅうの壁という壁が取っ払われてスカスカになった感じだ。おまけにしとしとと梅雨空が薄暗くてうっとうしい。

遠雷の窓震わせて妻癒ゆる

退院のクルマを叩く走り梅雨

大手術の後しばらくして退院した。梅雨明けの雷雨が家路を急ぐクルマの窓を叩く。その後検査を繰り返して完治した。心の底から井上先生の腕の良さに感謝し、日本の医学の素晴らしさを痛感したね。もう、あれから十年は経っただろうか。今朝もカミさんが明るく話しながら食事の支度をしているよ。

鵠沼や枕に響く土用波

幼い時に過ごした鵠沼のことはいろいろあって語り尽くせないが、夜の枕にズズーンと響く土用波の音は今でも頭に残っているね。子供心にあの音は怖かった。それが波の音とは思えず忍び寄る悪霊の足音に聞こえたからだ。

養家のバアサンは子供は汚いと思っているもんだから決して手をつながない。海岸から連れ戻すときは手首を摑む。手首を摑んで連れて行くのは罪人だと長じて知ったが、まさにアリャ罪人以下の扱いだったね。

八畳間に五尺も離して布団を敷いてバアサンと枕を並べる。夜中に目を覚まして隣りをそっと見るとバアサンの顔がいきなり般若になった。ドキッとして掻巻を冠り息を殺す。子供だから般若なんて知らないのにフシギだね。いきなりバアサンの顎が伸びたんだ。そんなとき土用波の音が、ひとしきり高く枕に響くんだよ。

ずぶ濡れの着物掘出す敗戦忌

夕方になって鵠沼の家の二階から空を見ると敵の飛行機が列をなして飛んで行く。憎っくきアメリカのB29だ。富士山の上で直角に曲がった編隊の帯が東へ向かって行く。今夜は何処がヤラレるんだろうと大人たちが話している。東京かなぁ横須賀かなぁなんていう。

藤沢もいよいよ危ないっていうことになり養母の晴子さんが着物を庭に埋めることにした。おべべは芸者の商売道具で大切なわけだ。牛乳屋の浜野さんに穴掘りを頼んで、一張羅ばかりを箱詰めにして玄関前の敷石の下へ大穴を掘って埋めた。

埋めた次の日に日本が負けて終戦になった。また浜野さんに頼んで木箱を掘出したらば、鵠沼は砂地だもんだから水浸しになっていて着物は全滅していた。

デパ地下に美食あふれて終戦日

どこのデパートも地下の食品売り場がスゴイ。溢れんばかりの美食がきれいな盛り付けで並んでいる。何もなかった戦争中を生きてきたアタシたちの世代は、デパ地下へ行くとつい「戦争中を思うと………」と感慨にふける。でも、そんなアタシたちの種族ももう残り少なくなったんだよね。

米兵や晩夏の浜の缶ビール

戦争が終わって数日してから遊び仲間の子供たちで鵠沼の海岸へ行ってみた。アメリカ人は鬼だから、どこの子も絶対に海岸に行ってはいけないといわれていたが、ガキどもは興味津々の怖いもの見たさだったわけさ。

砂丘に腹ばいになって海を覗くと、アメリカの軍艦がびっしりと真っ黒に沖を埋めている。子供心にこれじゃあ戦争に負けるわけだと皆でうなずいたんだ。つばを飲み込むようにして軍艦を見ていると、そこから小型飛行機が一機飛び立って、目の前の波打ち際の砂浜にいきなり降りてきた。

そんなとき子供という生き物は本能的に安全を察知するのだろうか。一斉に走り出して引地川の河口をザブザブ渡り、皆で飛行機を取り囲んだんだ。そしたら降りてきた二人のアメリカ兵がガムをくれたんだね。今でいうリグレイのチューインガムだろうね。みんな甘いものなんか食べたことがなかったからあの硬い板を口に頬張ってうっとりしたのさ。

カッコいい二人のアメリカ兵はしばらく辺りを眺めてから子供たちを遠のかして船へ向かって飛び立っていった。あれがアメリカ人を見た最初だった。興奮して街中へ戻った子供たちはまだ口の中にガムが残っていることに気が付いた。ガムを知らないから飴のように溶けると思っていたのさ。口の中にいつまでも残っているものだから、皆で顔を見合わせてイチニノサンでゴックンと飲み込んだ。

その後で鵠沼海岸へ米兵たちが続々と上陸してきたんだね。彼らは砂丘で休んで缶ビールを飲んで空き缶をポイと捨てていく。子供たちはそれを拾って鼻にあてて深呼吸する。嗅いだこともないビールの甘い匂いが鼻孔に広がってクラクラするんだ。アタシの戦後はあの匂いから始まったんだ。

生きざまの鶏頭ほどは望むなし
鵙鳴きて帰路を促す大法寺

信州の青木村に大法寺という古い寺がある。

上田から松本街道を行くと塩田平の最奥に位置する幅広の谷道になる。クルマを降り右側の細い坂道をゆるゆる上ると突き当りの山に忽然と三重塔が見えてくる。

この塔が建てられたのは正慶二年（１３３３）といわれ鎌倉幕府が倒れた年です。当時の世の中は後醍醐天皇の朝令暮改やら足利尊氏の台頭やらでザワついていましたが、新興勢力のエネルギーに溢れた時代です。

とまあ、歴史の教科書はコレデ終わりにしてアタシはこの三重塔と辺りの風情を愛して止まないのだ。美しいという言葉ではなく塔を取り巻く山の辺一帯に落ち着きがあり、そこにたたずむ古塔の姿が心に沁みる。

塔を眺めてボーッとしているもんだから帰る時間を忘れてしまう。そんな時、いきなり鳴が一声鋭く鳴きハッと我に返るんだな。腰を上げて帰りの細い坂道を下りながら、何度も三重塔を振り返ってしまうんだよ。

一つ余談がある。塔の基壇に座ってウットリ白雲を眺めていたら、管理人の坊さんがいきなりスピーカーのスイッチを入れたんだ。それが甲高い女性の大音量で「この塔は今を去る云々ナンたらツンたら」とね。冗談じゃない。テキはサービスのつもりだろうが、あたりの静寂は一瞬に壊されて感興も何もブットンだ。これは騒音でしかない。

地元の青木村に講演で行ったとき、アタシはこの一件を寺の名を上げてイケンしたね。あの坊さん、分かってくれたろうか。アタシはあれから大法寺には行ってない。

山門に妻と二人の時雨かな
ぼろ市や人波に浮く肩車
岩風呂に山の音聞く年の暮

山の音ってあるんだろうか。実際にはないだろうね。もしホントに山鳴りでもしたら詩歌にはなりませんね。キット独りで山家に佇んでいる時にいろんな思いが頭をよぎって聴覚に信号を送るんだよ。

だから山の音を聞くのにはそれにふさわしい状態と時期が要る。アタシは年の暮に山の湯の岩風呂に入ってシミジミと過ごし方を偲ぶと不思議に聞こえるんだ。それを聞きたいから一年働くみたいだね。

小倉山親に取られて泣く子かな

改札を出て一斉に受験生

二月尽あの人もいる訃報欄

老残となりし手植えの初桜

陽泉寺の桜もアタシが植えてから半世紀をグンと越した。だからウロが空いて樹脂を詰めたりして住職は苦労しているらしい。

毎年お花見が近づくと様子を見に出かけていくが、年々樹皮が厚くなり人間でいぇば百歳を越しているように見える。東堂の正慶師とまだ持つかなぁなんていいながら桜花を見上げている。境内の反対側に息子住職が老桜の種の芽生を植えた。そこで正慶師の孫の名前をとってこの新桜を正宗桜とよぶことにした。きっと正宗クンが住職を継ぐ頃には、この新桜が大樹になっていることだろうよ。

水温むいずれが夫《つま》や山椒魚

夫と書いてツマと詠んでみる。まったく山椒魚の雌雄は分からない。アタシは兵庫県中央部にある黒川渓谷でオオサンショウオの飼育に生涯を捧げた栃本武良さんという生物学者と交流があった。

ここには黒主《クロヌシ》と名付けられた大山椒魚が渓流のアルジとなっている。栃本さんの話では黒主の年齢は不詳で今後も幾つまで生きるか謎だという。人間よりはるかに長命なので黒主の研究は自分の次世代に託すのだという。

黒主は繁殖期になると縄張り争いで大喧嘩する。その他の時期は穴の中で動かず近寄ってくる小魚をパクリとやって暮らしている。栃本さんは亡くなられたがお話の通りに黒主は依然として渓流の親分で健在だ。

新墓の朱文字に灌ぐ菊の酒

陽泉寺の村瀬正慶住職が「セイチャン墓を建てといたらどうだ」と宣った。そうだな考えてはいたんだけどと二つ返事でOKした。

赤坂の氷川小学校の四年に転校してきたとき陽泉寺の長男宗雄クンがクラスにいたのだ。面倒見のいいお兄ちゃんで皆からムーちゃんとかムーニーと呼ばれていた。親しくなって陽泉寺へは毎日のように遊びに行って家族のようだった。きっとムーニーの父親で先代の慶三師が両親のないアタシを愛おしんでくれたのだろうね。ムーニーのおっかさんも善くしてくれた。ご自身の出身校だった芝中学へ推薦してくれたのも慶三さんだった。おそらく養父の伯父を説得してくれたんだろうと思う。ホント有難いことだと一生感謝している。芝学園へ入ってアタシの人生がグン！と開けたんだから。芝中学芝高校と六年間宗雄クンとふたりで赤坂から芝まで歩いて通学したんだものね。坂をいくつも越えてね。

墓石はどうするてんで生半可な知識振り回し「小松の青よ」と即答し真鶴石にきまった。墓の文字は自分で書けよと勧められ『中島家の墓』とした。之の字を止めて平仮名にしたのがアタシのこだわりなんだ。墓石の裏側には長野県上田市秋和と中島家の出身地を彫った。先祖は庄屋だったというからなぁ。曽孫の代にでもなれば中島家のルーツなんぞ分からなくなっちまうだろうから、確り記録してアタマへ叩き込んでやったんだよ。

生前は朱文字にスルてんで天朗院慧眼誠吟居士の誠吟を朱にした。アタシは「天朗気清」てぇ字句が好きで、上海行ったとき露店のハンコヤで遊印を拵えている。だから戒名を天朗院としたんだ。ついでにカミさんに気清院として彫ってやろうかといったらヤダと拒否された。オジイチャマがまだ入《へぇ》っていねぇのに、子供夫婦や孫たちがお参りしてらぁな。菊の酒とは盃に菊を浮かべる延年の酒の意だ。

夕月夜菜の花つづく川下り
雨音を聞いて朝寝の日曜日
暗渠より出て花冷えの目黒川

目黒川の土手に桜が植えられたのは昭和の初めのことだという。目黒川流域の大改修が行われ護岸に若木を植えたと伝えられている。アタシの少年時代は目黒川に掛かる大橋が都会と田舎の境のように感じたものだ。路面電車だった玉電が渋谷を出て急坂を下ると目黒川の大橋を渡るし、反対なら三軒茶屋から長い坂を下ると大橋になる。隣接の三宿には陸軍の野砲部隊があり大砲を運ぶための馬が飼われていた。それで大橋には『桜屋』という馬肉鍋屋があった。馬肉のことを桜肉という。

その頃は大橋のたもとに玉電の車庫があり現在《いま》はそこが首都高のループ式分岐点の

巨大なビルになって当時のよすがもない。当時の強い印象は野球選手のスタルヒンがここで玉電と激突して事故死したことだ。

北沢川と烏山川が池尻で合流し目黒川になるのだが現在は大橋より上流は暗渠になっている。アタシが世田谷代田に居を定めた頃はまだ家のそばを北沢川が流れていたから、暗渠になったのはそれほど昔のことではない。

今の目黒川は大小のビル群に囲まれてビルの谷間を流れている風情。だから夜桜の時はビルの渓谷を提灯がボーッと照らして、闇夜に一筋のピンク色のサンザメキが走り趣がある。とはいえ野趣というより人工色が強く花冷えの感じはぬぐえない。

朝市に鮑を量る海女の母
天人の闇に出を待つ薪能

有名な鎌倉の薪能を観にいったことがある。舞台を囲むようにして観劇の席が作られる。明るい時に見れば小型の競技場だ。夜になるのを待ちかねるようにして最上段に腰を下ろした。日がトップリ落ちて舞台を待つ間もなく背中の頭上に煌々と照明が点いた。

なんと照明に群がる羽虫がスゴイのだ。首筋から襟元へバンバン入ってくる。おまけにライトの熱源がジカに背中を熱くする。夕凪で風もなく湘南の蒸し暑さがスッポリ身を包む。いたたまれなくなって席を立ち地上に降りた。人目を避けて舞台の袖に避難したらば、羽衣の面《おもて》を着けた能役者が暗闇の中に端然として出を待っていた。

夏来る朝湯朝酒庭の風

万太郎忌ビルに埋もれし終《つい》の家

少年時代にアチコチよく使いにだされた。昭和二十年代中頃まで当時の町名でいう赤坂福吉町一帯は、公卿の邸宅と大名屋敷の焼け跡ばかりで、一面瓦礫の中に金庫の残骸と半焼けの土蔵がポツポツ立っていた。

九条公爵邸の焼け跡を整地して分譲したのが現在の赤坂二丁目十七番地で、その一画で伯母の中島静が中永楽という料亭を再建してやっていた。料亭と言ったって一見の客を相手にするわけではなく、政界保守派の奥座敷のようなものだった。久保田万太郎が客の一人で、デップリとした姿を垣間見たことがある。赤坂の名妓でトシコウさんという人が後添いになった一件に、伯母が絡んでるのかなぁと思うが詳しくは知らない。

近くに久保万さんの隠れ家があり、そこへ少年のアタシが使いに出されるのだ。南に面した崖の上に建つ瀟洒な平屋で、坂道の途中から石段を登ると黒い数寄屋門がある。玄関の引き戸を開けると、暗い部屋の奥からトシコウさんが音もなく現れる。フワッとしてスラリとして色白でこの世の人の感じがしない。

アタシは伯母に託された封筒を差し出すとトシコウさんはそれを受け取り音もなく奥にスーッと消える。あの封筒は久保万さんのお手当なのだ。一体幾ら入っていたのだろうか少年のアタシには知る由もない。…湯豆腐やいのちのはてのうすあかり…の句は、あの家が舞台なのかなぁなんて今思うのさ。

水茄子や共に来たりし里の水

古端渓一二度使い洗いけり

浅間口改札を出る夏帽子

　夏のあいだ山荘暮らしをしていると東京で用事ができる。そんな時はクルマをやめて新幹線で行き来する。佐久平の駅は浅間山の麓にあるから、そのたびに山頂を見上げて挨拶をしている。いつもは蓼科口へ出てタクシーを拾うがたまに浅間口へ出て新規の蕎麦屋へ寄ることがある。有名な『草笛』は蓼科口だケドね。

　浅間口を出るといきなり浅間山がガンと現れる。浅間の中腹から上は溶岩だから赤茶色でざらついているが樹海から聳え立っている姿が爽快だ。列車を降りた避暑客の夏帽子が浅間に映えて鮮やかで、いつものことながら信州の風を胸一杯に吸い込むのだよ。

握りしめ孫の温もり豆トマト
夏風邪の子の黒髪の長さかな

汗ばんで寝ている孫娘の熱を測る。どうも夏風邪をひいたらしいので水枕に氷を入れて当てがってやる。元気に遊んでいるときはそれ程に感じないが、こうして寝ている姿を見ると、汗ばんだ頬っぺたに髪の毛がペタついてそのままの姿勢で育っていくようだ。

宝貝腐肉を洗う秋暑し

草に寝てボーイスカウト天の川

長男が小学生低学年のときボーイスカウトへ入れてアタシは指導員の資格をとった。世田谷第24団という隊で富士五湖へ夏の合宿に連れて行った。夜食の後で草原に全員を寝かせて天の川を見せた。これは子供たちに結構ウケてみんな飽きることなく銀河を眺めていた。きっとこの星空は大人になっても覚えているだろうよ。何かのときに思い出してくれればいい。キミはこの大宇宙の中の一人だ、クヨクヨするなっていうことをね。

先代の面影残す盆の僧
蜩や心の襞の忘れ物

蜩の鳴き声は何か心に響くものがある。山の湯宿を後にして渓流に掛かる橋を渡るときなんぞはひとしおだ。歩んできた人生街道の三叉路のもう一つの方に、モシ歩みを進めていたらば何があったのだろうか。あの時この道を選んでよかったのだろうか。蜩の鳴く声は日頃忘れている様々な思いを、竪琴を弾くようにしてかき鳴らしてくれるのだ。

銀座より帰り伯耆の梨を剝く

月に一度は銀座へ出る。昔は二度三度出掛けたものだが、体力の落ちた今はせいぜい一度だ。ずいぶん昔の話だがアタシが独立して古美術店を開いた頃のことだ。東京女子大の先生で中山久という老学者がいた。先生は月に一度銀座へ出る。先生の家は大学の近くで武蔵野市だから当時としては大遠征になる。銀座では当時並木通りにあった東京画廊に寄る。その足で麻布霞町のアタシんとこへ寄ってくれるのだ。手土産はチョコレートだった。

先生の家は庭の奥に建てられた平屋の方丈で、まさに隠者の住まいだった。片側の壁一面をとった床の間にはクーニングの真っ赤な抽象画が掛かり、その前に李朝の白磁丸壺が置いてある。鮮やかなこの対比はアタシの脳裏にしっかり刻み込まれている。それは現代アートとも違う。民藝とも違う。研ぎ澄まされた中山久の美意識だった。先生はアタシに美の開眼を授けてくれたのだ。

アタシの銀座は和光と教文館のある一区画だけなので先生の行動範囲とは重ならないが、共通することは昼の銀座でネオン街ではないということか。もっとも同級生の宮島国男がやっていた壺屋というスタンドバーが溜まり場だったが、ミヤちゃんが引退して店を畳んでからは夜の銀座と縁切れになった。

銀座から帰宅したら安来市の高田寛さんから鳥取の梨が届いていた。だいぶ以前高田さんの志野茶碗を見てあげたことがある。桃山時代の名碗だった。指物師に上等の桐箱を誂えさせて『曙』と銘を付けて送ってあげた。それ以来季節になると梨が来る。

一度かの地で講演を頼まれ出掛けた時、高田さんが『曙』を展示してくれて再会した。やはり良い志野茶碗だった。内心少し心配だったものが吹っ飛んだ。伝来物で名高い志野の名碗と比べてまったく遜色なしだ。

銀座のほとぼりを山陰の梨で冷ましつつカミさんと茶飲み話をした。もっとも喋るのはアタシだけでカミさんは聞いちゃあいねぇよ。

ところがね、八十過ぎたらソレが逆になって今度はカミさんバッカシ喋るねぇ。

生立ちの夢繰返す夜長かな

アタシは山あり谷ありの幼年期と青少年時代を過ごしているので、振り返ればケッコーいろいろある。その当時はそれが当たり前の感覚だったので、ヒトが思うほどの苦労ではアリマセンね。ただし一つだけ忘れることのないデキゴトがある。

中学校時代に二階の部屋で机に向かっていた時のことだ。階段を上ってくる伯父の足音がした。遊んでばかりいてロクに勉強なんてしなかったもんだから、タマには宿題でも一生懸命やっているトコロを見てもらおうと思い、ひたすらエンピツを握っていたのだ。

そのとき部屋に入ってきた伯父がアタシの後ろに立って手元を覗き込んだ瞬間、絶対にソシテいまだに忘れることのない強烈なアザケリを吐いたのだ。

「ナンだ、まねごとか」と。これはキツイ一言だった。少年の胸にグサリと突き刺さったまま、その刃は七十年経った今も抜けることがない。

鬼胡桃ひとつ時経る壺の中

受賞者の妻みな健《たけ》し文化の日

団栗の軒打つ音や猫の耳

長湯して夜に溶け込む冬紅葉

能登の冬老女の語る沖掛り

能登の曽々木海岸を訪ねたことがある。季節は冬の初めで延々と続く海岸に白濤が打ち寄せて、波の花が綿のように千切れて飛び見渡す限り人影はなかった。

海岸に沿って街道がヒタ走り、たまにポツンと集落が現れる。家は街道から海岸に向かう斜面に建てられていて間口の割りに極端に奥行きが細長い。かつての廻船問屋の一軒を訪えば、街道に面した入り口の板戸がスーッと開いて面長の老女が姿を見せた。

この辺りは藩政時代に抜け荷と呼ばれたロシア船との密貿易の痕跡があり、ロシア人の血をひくハッとするほど色白のご婦人に出会うことがある。そんな一人なのかなぁなんて思いつつ屋内に足を踏み込めば、一部屋一部屋が波打ち際に向かって階段のように連なっている。天井には艀と櫂が吊るされ、土間が一筋坂道になって屋内を通っている。

街道に一番近く位置し高みにある畳部屋へ通されたら、海側にガラス窓を広く取り明るく見通せる造りになっている。覗けば棟の向こうに冬の日本海が見渡せて、荒波の音が座敷にビリビリ響く。

一人暮らしの老女が口を開く。「ここは砂浜で船が沖掛かりですからなぁ、こうやって海を見て監視するんですなぁ」と。老女の生まれた明治中頃の話だそうである。

古道具オヤジ露店でちゃんちゃんこ
古壺に破魔矢の溜まる書斎かな
白足袋の流れを絞る木挽町

歌舞伎座の一画を以前は木挽町と呼んだ。ちなみに銀座四丁目は尾張町になる。だからアタシたちのような東京地方人は旧町名になじみがある。まあ、粋がって呼ぶこともあるが、木挽町だけはいまだに歌舞伎座を指す。師走になって夜の部の席を取ると、陽が短いものだから開場時はトップリ暮れている。足元を見ると歌舞伎座へ向かって白い足袋が幾たりも歩道を急ぐ。その様子が木戸口で白い流れを絞っているように見えるんだ。

カミさんも由美も歌舞伎座へ出掛けるときは着物にしようか洋服にするか思案して

いる。その日の出し物とか天候にも因るので、そんな時に口を出すとメンドーになるので近寄らない。アタシはいつも洋服だが、一度だけ播磨屋さんから俳優祭に誘われて着物で行ったことがある。そしたらロビーでファンに囲まれチマって、吉右衛門夫人に「ナカジマさん役者より人気でしたよ」といわれた。以来観劇はオシノビの洋服にしている。

一度こんなコトがあった。昼の部が開演して間もなく前列に中年の紳士が、お茶屋の女将を筆頭に高島田の芸者衆三人引き連れ、都合五人でゾロゾロ入ってきた。幕が上がる前に着席しろよと思っていたら、すぐに高島田が揺れ始め、三人の白いうなじが波を打つ。可哀そうに芸者衆揃って居眠りしてるんだ。きっとダンナのお誘いで、早起きして支度し駆け付けたんだろうよ。

それがネ、一幕目が終わったとたんにご一行席を立って出て行っちまった。と、その後へ外で切符を貰ったらしい連中がゾロゾロ席へ座るじゃねぇか。それはそれで舞台の残りが勿体ないからヨロシイが、そのオバサンとオニイサンの姿恰好が酷い。サンダル突っかけの普段着で作業着丸出し。あのねぇ、役者が舞台の華ならば客は座席の蝶なんだ。そりゃねぇだろうよ。

あの日あの時

寒梅や志野の茶碗に紅の跡

初場所や半襟そろう砂かぶり

大相撲のテレビを見ていると向う正面に座っている人がハッキリ映る。博多の綺麗ドコロとか名古屋のお母さん、国技館の麗夫人など勝手に呼び名を付けて親しんでいる。初日に並ぶ芸者衆の正装なんぞもコレマタ良い。

宝生流謡曲の今井泰男先生が初場所には必ず桟敷に見えていた。それであぁ先生もお元気だなと安心したものだ。若い頃は素謡の稽古を付けて頂いたし、南アルプスや木曽へ渓流釣りの道案内をしたものだからなぁ。先生が亡くなられてから、初場所の桟敷にポッカリ穴が開いたように感じるんだな。

留守電に友の声聞く寒の明け

暦では寒が明けて立春になるが、一番寒いのもこの頃だ。例年のことだが二月になると古いトモダチが懐かしくなる。だからデンワを掛けたりハガキを書いたりする。今年も同期会の連絡や母校の便りが立て続けに来た。

留守電に千野豊クンの声が入っている。お互いに八十四歳になって年男だなぁなんて話だ。チノとは中学一年からの交友だから七十年を超える。渋谷区広尾五丁目が、旧町名で下通二丁目といった頃の親の代からの花屋だ。あの時は所帯を持つので貸間を探しながらヒロオ花店に立ち寄ったら、チノが道の反対側をユビ指して建築中のアパートらしいと教えてくれた。

そこは玉置ビルという三階建てで、一階が貸店舗で三階が大家の住居で二階が貸間だという。変わり者の大家で自分で生コンをバケツで運んでは流し込んでいる。訊ねたら家賃が一万八千円だという。アタシは給料が三万円だったので頼み込んで二千円負けてもらったんだ。それでも暮らしはギリギリ以下だったなぁ。残りの一万四千円でドーやってオレタチが暮らしたのか、オボエチャいねぇよ。

新築で完成間際の六畳間に大の字に手足を広げて「俺んちだぁ」と叫んだ。生まれてからこのかた養子だとか居候だとか天涯孤独で生き延びて、自分の居場所がなかったものだから1DKの部屋が御殿に感じたんだ。

そこには一年チョット暮らしたかな。毎日のようにチノ君が鉄の外階段をガンガン鳴らして駆け上がってくる音がいまだに耳に残っている。アタシはそこへ本籍を移した。伯母の中島静が戦前に赤坂田町二丁目十番地（現・赤坂三丁目）に中永楽を始めた場所が本籍だったんで、そこから広尾五丁目一番地に移したんだ。すべてはカミさんとの新家庭に人生を託して出発したんだよ。ちなみに赤坂の前の本籍は養子先の白川家で横浜市中区住吉町十五番地だった。赤坂も横浜も大空襲と都市改造で跡形もナイよ。

孫の踏む後をも一度麦を踏む

麦踏なんて今時ないけどね、山荘へ行くと孫たちの書いた山荘日記を添削してるんだ。これがマアおせっかいな麦踏っていうことかな。山荘日記はもう四冊目で、ページをめくれば坂井の祖父《ジイ》ちゃんから亡き呑み友達から泊まった連中がペンを走らせている。

山荘が出来たのは一九七九年だから、山荘日記は四十年にわたる中島家の歴史書さ。日記帳は銀座の鳩居堂で売っているヤツで、つづれ織り布地カバーのチト上等な品さ。アタシが居なくなっても困らない様に補充分を一冊購って並べてある。それにしても老舗とは偉いモンだよ。四十年以上も同一商品を絶やさず商ってくれているんだからネ。ホントにアリガトよ。

演舞場追われて入る春嵐

歌舞伎座が建て替えで公演が新橋演舞場へ移った。お陰でしばらくは名門喫茶店の『絵李花』で時間待ちをすることができる。

演舞場は藤山寛美の新喜劇を観て以来だから久しぶりだ。歌舞伎座とは目と鼻の先なのにここは新橋花柳界の匂いがする。だから来客もスコシ雰囲気が違うのが面白い。

アタシは若い時から結構芝居小屋を訪ねている。中永楽の伯母が客筋から貰った切符を観劇の義理も兼ねてアタシに観てきておくれと頼むわけで、お陰様でピーピーの若造ながら目が肥えたんだ。

忘れ難いのは久保万さんから来た歌舞伎座の文士劇で、文藝春秋の佐佐木茂索社長が「今日一日は日本の文化が止まっております」と冒頭挨拶したこと。名演技の強い印象は読売ホールでやった前進座の『天平の甍』で、河原崎長十郎の鑑真和上が今でも目に浮かぶ。

ステージに風切るモデル春コート

春コートと詠んでいるので春の季語だが、この句の季節は実は秋なのだ。ファッションショーの場合春物の発表は前年の秋にやる。秋物の場合も同じだ。だから季語と季節が逆になるけどマアどうでもいい話だ。

鳥居ユキさんが推薦してくれてメンズファッションの舞台を踏ませてくれた。あれはテレビに出始めの頃で、指定された恵比寿にあるホールへ行ったら有名人ばかりで気が張った。楽屋で大忙しの半裸のモデルたちに交じって、春物のスーツやコートを着たり脱いだりして何回かショーのステージに出演した。スポットライトを浴びているので観客はそれ程見えないが、笑みを作るのに緊張したね。

白人の女子大生たちがアルバイトでモデルを務めている。彼女たちと腕を組んでステージを往復するのだが皆背が高くてスラリとしている。だからチンチクリンにならないように歩調を合わせて気配りした。とはいえステージを颯爽と歩くのは気分のいいものだ。この句のモデルとは実はアタシのことなんだよ。

春泥や更地となりし友の家

久が原に吉池勝の家があった。池上線の千鳥町駅から坂を上るあたりで、雑木林の庭がある小高い所だった。彼は中学三年の時に小諸から転校してきて同じクラスになった。ソバカスのあるボーヤですぐ友達になった。

アタシは吉池の家の雰囲気に憧れたのだ。赤坂の伯父の家では人間扱いされていない居候暮しの毎日だったから、吉池家の開放的な大家族に触れることで慰めになったのだ。日曜日の多くは吉池の家に遊びに行った。長女の暁子さんはドレメで服飾誌のモデルになっていた。暁子さんはアコで次女はエコちゃん、日比谷高校の長男がキヨシさんで次男がワッちゃん。吉池は末っ子のマーボーだ。

父親は小諸と蒲田に工場があり国鉄の台車を製造していた発明家だ。銀座に吉池機械製作所という事務所があり、銀座グリルで親のツケでランチが喰えた。

出は信州の丸子の人で若い時にアメリカへ行こうと思い、大森海岸に行って船を眺めていたという。焚火に当たっていると近くの東海道線で、線路工夫たちが数人でレールの補強をしている。一本の枕木を埋めるのに八人の工夫たちが鶴嘴でレールの砂利を掘る。それを見て一台の台車に動力を積み八本の鋼鉄を上下させれば簡単じゃないかと進言したそうだ。国鉄がその案を採用したのがウチの始まりだと話してくれたことがある。

だからアタシは吉池の小諸の家に泊まりに行き、そこで友達も出来て信州に親しくなった。懐古園は自分の庭のようにして遊んだ。

成人して二十五歳のとき吉池の結婚式披露宴の司会を務めた。あれは昔の建物のパレスホテルだった。受付を引き受けロビーにいた時に、エスカレーターで昇ってきた振袖がカミさんなんだよ。カミさんはあれが一生の不覚だったワ、なんて言うけどね。

吉池が死んでからもう二十八年経つ。こないだアコの葬式に参列したらみんなに会えた。豪徳寺で獣医をやっているワッちゃんが知らせてくれたんだ。銀行員のキヨシさんは素敵な老紳士になっていた。池上の葬祭場からの帰りに近くに来たのだからと久が原の旧宅を訪ねてみた。そこは雑木林が取り払われ斜面一面が赤土の分譲地になっていて昔を偲ぶよすがもなかった。

文鳥の呟き重し雪の果て

白雲の峰から峰へ揚雲雀

船に寝て右に左に春の雲

島影を出れば卯波の底を打つ

見付けられごめんなさいと青蛙

故郷に夜の音聞く夏休み

夕立の過ぎて終わらぬ長電話

打水や空を映して拡がりぬ

港出て十日陸《おか》見ず天の川

アタシの乗る遠洋マグロ漁船『第二日東丸』（菊長漁業部）が、築地の岸壁を離れて一路南に向かったのは一九六〇年春のことだ。伊豆半島の沖をかすめれば大海原でもう全く陸地の見えない日が続く。沖縄諸島を水平線上にかすかに見て台湾沖を航き、バシー海峡を抜ければ波静かな南シナ海に入る。

海原の真ん中で舳先に伝書鳩が舞い降りた。乗組員の菊田（気仙沼出身）が大麦をすくいアルミボールに真水を汲んで近づいた。鳩は恐れることもなく手にとまり餌を啄み水をたらふく飲んで小一時間休んで飛び立っていった。

船尾から流し釣りをするとシイラがよくかかる。シイラは持ちが悪いのでコック長がすぐ刺身におろす。船内でただ一種類の食器はアルミのボールだ。朝の味噌汁は熱くて手に持てないから床に置く。小さなテーブルは船長の独占物で乗組員は皆船倉の食事ルームにしゃがんでメシを喰う。だから床がテーブル代わりになる。アルミボールに山盛りにしたシイラをつまむ。船上で酒類は一切ない。操業開始の時に延縄に注ぐ御神酒の一升瓶があるだけだ。お陰で酒の上での間違いはない。

延縄漁業の操業中にカジキマグロの飲み込んだ深海烏賊が取り出されるとヌルヌルの表皮を掻き落として醬油焼きにする。マグロの胃袋を包丁のミネで叩いて生干ししておくと鮑そっくりの味になる。マグロのうなじにほんの少し脂の乗った肉がある。少なすぎて売り物にならないのでだるまストーブでステーキにする。これらはオカでは絶対に食べられない珍味中の珍味でサイコーに美味い。

たまにコック長の気分でカレーライスが出る。黄色い糊を煮詰めたようなヤツだが夢中で食べる。オカではとても喰えたシロモノじゃないが、船の上では僅かのカレー風味が食欲をそそる。野菜は保存の利く玉葱しか積んでないから、築地の購買所で買ったビタミン剤はゼッタイ欠かせない。

出航の前日に陽泉寺の住職夫妻が届けてくれた霊南坂の菓子舗『ちまきや』の飴がただ一つの甘味で、茶の缶から取り出してはタカラモノのようにしてシャブッタ。

鮫は幾らでも掛かるがクイモノにならないので鰭と肝臓を取って魚体は捨てる。鰭は干して乾かし中華料理の材料屋に、肝臓は製薬会社に売る。この二つは乗組員のホマチといって懐に入る。ま、ボーナスだな。

漁場までの二週間は、甲板に座り込んでひたすら漁具の補修と操業の準備に明け暮れる。カジキの角を削って鋭い錐《きり》を作りそれで延縄を繋ぐのだ。この繋ぎ方をサツマと呼ぶが語源は知らない。サツマを繋げるようになれば一人前だぞと漁師たちにいわれ、明けても暮れても練習してウマクなった。

夜に入り南十字星が見えだすと樹木と土の朽ちた匂いが鼻孔を撫でる。ブリッヂに駆け上りチャート（海図）を開くと、シンガポールまで三十海里（約五十五キロ）に迫っている。天測をしていた小川統平《のりひら》一等航海士（中津市在住）がニッコリ笑った。

逃げ水や少年の日の片思い
西望《せいぼう》の膝に子雀原爆忌
若鮎の音なく越ゆるまろき石
少年期車窓を過ぎる夏の海
半襟の湿り具合や秋暑し
引き抜いて小さな勝利藪枯し
索道で西瓜の登る肩の小屋

山と溪谷社のグラビアページを飾る登山に誘われて編集部の森田洋（通称ヤマケイのタモリ）と由美と亭主のエラコーさんに連れられ北アルプスへ出掛けた。エラコーさんの本名は森高一だが、何でも頼りになる偉い人の意味でアタシはそう呼ぶんだ。もっとも本人は「エラかねぇや」と言ってるけどね。

燕《つばくろ》岳の登山口を出発して森林帯の急坂をジグザグに登る。たちまち高度を増して谷の向こうに聳える有明山が目の高さになってくる。健脚には自信があったものだが七十代になればそうも言えず、両手でつかむ木の根を手繰り寄せるようにしてほぼ四肢を使ってよじ登る始末だ。一時間あまりの奮闘で尾根道がいきなり開けて小屋のある小平に到着した。ここは体で言えば山の肩に当たるので肩の小屋と呼ぶ。正式には合戦小屋と言って合戦沢の頭に位置している。

小屋まで下の登山口の中房温泉あたりからケーブルが延びていて、小型の鉄籠がガタゴトときしみながら安曇野名産の波田《はだ》西瓜を積んで登ってくる。

ほっと一息してかぶり付く西瓜の美味さにうっとりする。登攀一時間の苦闘はこのためにあるみたいだ。

ここから山頂に近い燕山荘までは高山植物帯のなだらかなお花畑になる。仰ぎ見れば燕山荘のアルジの赤沼健至が稜線で手を振っている。あと一息、小屋のテラスで生ビールが待ってるゾ。とはいえ稜線に躍り出ればカンきわまってアルペン踊りの円陣を組んでオーハシャギする。遥か縦走路の向こうに槍ヶ岳が聳えている。息を吸い込んでウットリ、さあ山小屋のドアを開こうか。

マクベスが稲妻浴びる能登の劇

ロンドンで買った古洋書のうち、はっきり題名と内容が分かって選んだものは英国史とエンサイクロペディア（絵入り百科事典）だ。事典は二十世紀初頭のジョン・ブル気質がよく出ていて面白い。他の書籍は筆者も題名も分からずに装丁の良さと時代の古さを基準に、古書店の棚のココからココまでと言って求めている。チトいい気分でもあったナ。

ところが改めて書棚を開いてみたならば一八〇一年刊のギリシア歴史四巻や一八四七年刊シェークスピア全集八巻や一九〇一年刊シベリア支那ジャポン（ラテン語）が目についた。シェークスピア全集の表紙裏には王家の紋章のシールが貼られアランyクラークのペン書きサインがある。コイツはどうやらアタシにとって猫に小判より少しは上の、猫に座布団くらいの立派なもんでイイ買物したなモウ。

英国の歴史は映画や芝居でうっすらと知ったつもりでいたが、塩野七生さんの『ローマ人の物語』を通読し小林正典という英国生活二十年の営業マンが書いた『英国太平記』（早川書房）を読んで骨子がハッキリしてきた。

どうもアタシにとって英国史は陰惨でオソロシイ。女王を檻に閉じ込めて城の外壁に吊り下げ死んで骨になるまでホッタラカシにしたり、掻きとった王の首を取りっこしたのがラグビーの起源だったりイタダケマセンねぇ。日本だって保元平治の乱や飢餓騒擾乱世など凄まじいが、も少しコザッパリしてるんじゃないかね。アタシたちゃ、花鳥風月山紫水明で長いことやってきたもんだから気分がナゴヤカになっているからネ。

書斎は半地下にあるから外光は出窓から入るだけで、そこに潜り込んでいれば思索も居眠りもご随意になさいということになる。たまにカミさんが掃除をしに下りて来ると体は慌ててウツショに戻るが、背中に並ぶ天金革表紙の一群は本棚の中で百年のネムリに入ったままだ。

それがどうだ。季節の変わり目に不連続線が通過して出窓から稲光がピカッと光れば、俺の番だとばかりに英国史の金文字が得たりと起き上がって踊り出す気がするのサ。

七尾市の能登演劇堂へ行くと、この気分がチト分る。舞台の奥が左右に開くとソコはもう野外なんだな。仲代達矢が演じるマクベスが馬にまたがり駆けてくるんだ。もう舞台も客席もイキナリ中世の英国史に抛り込まれる。アタシが観劇した時ホントに稲妻が光ったんだ。あれにはタマゲタよ。

慰めの文書き直す夜なべかな
白桃を剝けば心の鬼覗く

白桃は美味い。そろそろ桃だなぁなんて思っていると岡山の白桃が届く。ああ今年も忘れずに有難いことだと感謝しながら丁重に包みから取り出して、大鉢に盛り付けてウットリと眺めている。

まろやかな一つを手に取ればズシリと重く、天の美禄がはち切れんばかりに詰まっている。薄いビロード肌は滑らかで刃物を当てるのもはばかられる。撫でるようにしてナイフを滑らしてスッと皮を剝いてやれば、なにか小さな悪事を働くような気になるのだ。

出船みな明りの灯る秋の夕
妻を得て川を渡りし水澄む日

かの英雄がルビコン川を渡ったようにアタシも若い時に人生の川浪を渡ったものだ。カミさんと一緒になったときがそれサ。生まれた時から天涯孤独の人生を歩んできたものだから、結婚するまでは身をゆだねるナニモノもなかったんだよ。川を渡るまではホント何もなかった。人間にとって一番大切なものは愛なんだよ。川を渡ってその愛を手にしたんだね。カネとか名誉というものは努力すればなんとかなるが、愛というものはチカラだけではなんともならん。だからカネでは買えないのだ。愛は真心で授かるものなのだ。

アタシが世間をスーッと渡ってこられたのはカネでは買えない真心を持っているからなんだよ。信念があり軸心がブレないから愛情も大きく育てることができたんだ。

もっとも愛だけでは喰っていけませんね。人間らしく暮らせて社会生活をウシロユビ指されないようにやっていくには、それ相応の努力をして自立しなければ前には進めないよ。

人生の岐路に立った時にどちらの道を選ぶとも自由さ、だけど明日につながる道を歩まねばいけないのだよ。その判断ができる人はマジメで少し世渡りのワルサを持っていた方がよい。クソマジメではダメなんだよ。

山姥に吹墨受けて杜鵑草
買い物に出掛ける妻の秋日傘
ひた走る戦場ヶ原草紅葉
秋深し肋に沁み込む箱根の湯
落葉舞う払わぬ妻の髪かざり
クリスマス光の海へ高度下げ
夜匂うルージュ佇む冬の路地

これは間違いなく新宿のゴールデン街の風景だ。今は全くご縁がないが呑み友達がゴロゴロしていた頃は、日が暮れれば赤い灯青い灯が恋しくって新宿へ行ったものさ。駅の近くで寿司でもつまめば後はふらふらと路地を伝わって行きつく先はゴールデン街となる。あの頃はマレンコフという爺さんのギター弾きがいて、分厚い歌詞集のページを全部暗記していて一発で開く。オハコは森進一の『新宿・みなと町』だから、マレンコフもアタシがマイクを持つとすぐ伴奏する。すると店の客全員が唱和して大声になるんだね。

ゴキゲンで店を出ればファーンと路地が匂って夜の気配が身を包む。あれはパリに行ったときのことだ。同行の大谷洋がサンドニの街に娼婦を見に行きましょうと誘ってくれた。ナカジマさん娼婦がタバコの煙を吹きかけてくれたら一人前なんですヨと教えられ、暗がりの街を足早に行きかう一人になったが、誰もケムリを吹きかけてはくれなかった。

ゴールデン街のルージュたちは、マジな勤め人ばかりで決して娼婦ではない。ただ結構キコシメシていて男勝りだ。カウンター越しにバーテンダーにイチャモンつけて喧嘩になり、バッグを外へ放り出され店から叩き出されてワメイテいたよ。

今年また秩父祭を見ずに過ぐ

毎年十二月の声を聞くと秩父祭だなぁと思う。夜祭なので提灯で飾られた山車をテレビで見る。凍みるような寒さの中を人々の熱気があふれて通りを埋める。

十二月のショッパナといえば、組合の年末正札会で忙しくて秩父夜祭どころではなかった。あの頃はカミさんと二人して展示販売配達と駆けずり回っていたものだ。

こんなこともあった。正札会の準備で飯倉付近で信号待ちしていたらソ連大使館から出てきた領事の車に追突された。そのまま夫婦で大使館内に拉致されて応接間で紅茶を飲まされ、なんだかんだゴチャゴチャして放免された。ところが大使館を出た途端にポリスに麻布警察に連れていかれ、夫婦別々に引き離されて調書を取られた。ナント追突した領事はお尋ね者のスパイだったと後で聞いた。

若い時はなんやかんやで十二月初めはイソガシイ。秩父祭どころかメシ喰うひまもなかった。悠々自適のシルバー世代になったら出掛けようかと楽しみにしていたが、もう寒いところはゴメンになり体が億劫で出掛ける気もしない。カミさんとワイングラス傾けながらテレビの関東版ニュースで満足してるのサ。

老妻と寄せ鍋囲む二人きり
三島忌やあの日あの時無一文

女優の高峰秀子に丸の内の新国際ビル一階でピッコロモンドという骨董店をやるので手伝ってくれないかと頼まれ、アタシみたいな若造でいいんですかとビックリして引き受けたのが三島事件の少し前だ。麻布霞町に店を開いてから程ない時でアキンドといっても新人で駆け出しもいいとこだった。高峰秀子としてはスレた大店のオヤジよりウブな若造の方が扱いやすかったんじゃないかね。麻布永坂町の自宅に招かれて晩メシをご馳走になり、ご亭主の松山善三さんからヒデコを宜しくお願いしますと言われりゃあビックリするよりもキョトンとしたよ。とんだ借りてきたセイ公だね。

麻布警察署に行って高峰秀子の古物商の営業許可を申請したら、ビルの通路の床をガラスで仕切ってこさえた店だからアスコは露店だという。高峰さんに露店商でいいですかと聞いたら却って大喜びさ。天下の大女優が露店商だっつうもんで来る人来る人に露店の行商鑑札を見せびらかしていた。

高峰さんのことはオカミサンとも言えないからアネさんと呼んで、アタシのことはセイちゃんになった。以来アネさんにはいろんな経験というか勉強させてもらいましたね。

一番アタマに残っているのは明治の印判手小鉢の一件だ。明治時代に大量生産された日用品の食器で鮮やかな化学染料のベロ藍でプリントしてある。アンティック好きの若者たちに人気があり値段も一客二百円位なものだからよく売れた。地方へ買い出しに行っては箱入りでドサッと仕入れてくる。

ピッコロは場所柄通りすがりの千客万来で骨董好きの掘出し狙いの客もよく来た。あの日は中年のオッサンが印判手を一客買ったので包んで渡したら「買った品は俺の物だから教えてやる」という。「アンタは知らないで安く売ったけど、これは中国元時代の染付という大名品なんだ」と宣った。聞いたアタシはなんだコノヤローー人を馬鹿にしやがってとカッと来たんだね。

オッサンが小鉢抱えて店を出て行ったらアネさんがいうじゃないか。「セイちゃん、あん時アンタ顔がスッと青ざめたよ。そういう時は笑顔で良いこと教えて頂きましたとアタマ下げてりゃいいんだよ」と。

まあいろいろあったが高峰秀子には勉強させてもらったよ。時代を創った大女優だから自分勝手な女王様なのは仕方ないが、酸いも甘いもカミ分けた人生の達人でずいぶんと恩恵をこうむったよ。亡くなって十年以上になるがアネさんのことは忘れたことがないね。

そうだそんな時にピッコロモンドのトランジスタが三島由紀夫の自決騒ぎを放送していた。アネさんもアタシもフンというくらいに関心がなかった。ヨソの出来事だし、アタシはカネもヒマもなかったからね。ただちょっと気になることを言った人がひとりいたね。古民芸品を扱っている骨董商で、業界とは距離をおいていた趣味人だが「ナカジマさん、ありゃあ情死ですよ」とサラリと宣った。この言葉、いまだに引っかかるんだよね。

洗濯を取込みかねて冬夕焼
大根を洗う水場の高笑い
向側マスクを睨む昼の駅
八ヶ岳暮れて静まる軒氷柱
文楽の太夫の咳や藝の内

四世竹本越路大夫の知遇を得たのも高峰秀子のつながりだ。アネさんから電話があって「チョット田村町の留園に来てよ」という。アネさんの電話は大抵こうくる。本人に言わせれば「そんなことないわよ。それじゃあ人さらいじゃないか」というが、こっちは分かっているからパッと対応する。そこらの阿吽が大女優に気に入られたのかも知んないな。

飲茶《ヤムチャ》で有名なこの店へ駆けつけるとアネさんと松山善三が見知らぬ夫婦とヒルメシの最中だった。丁度アタシが口髭を伸ばし始めた頃で、そのツラが可笑しいとアネさんは笑いこけて椅子からコロゲ落ちた。その時一緒にテーブルを囲んでいた二人が、文楽で人間国宝の四世竹本越路大夫夫妻だったんだね。

この人たちの身の回りのガラクタ片付けてやってよと頼まれて「お安い御用よ」と世話して上げたのが、その後の長い付き合いになったんだ。奥さんてぇ人は越路大夫より二十歳も下で、ファンから後添いになったんだとアネさんが教えてくれた。

それからは国立劇場で越路大夫の文楽公演があると決まって席を用意してくれたんだ。だからさ、およそ文楽から遠い世界にいるアタシが公演に足を運ぶようになったんだよ。それでも日頃クタクタで体が疲れているものだから席に座ると寝てしまう。舞台が跳ねると「ヒゲが寝てた」と越路大夫が奥さんにいうもんだから、これはナラジと筋書きに打ち込むようになったんだ。

世話物の代表作に『艶容女舞衣《はですがたおんなまいぎぬ》』がある。そこで太夫が「ゴホンゴホンと爺が咳」と咳き込む語りをする。越路大夫の咳き込み語りがあまりにも真に迫っているので、近くに座っていた白人の青年が看護の係を呼ぼうとして半腰に立ち上がったんだ。それにつられてアタシもちょっとビックリしたけどね。ま、そのくらい越路大夫の語りは神技だった。

越路大夫の奥方は川口松太郎の養女で一女といった。目黒の茶屋坂にあった家から高樹町の女学館に通った人で、やんごとない育ちのお嬢様だった。茶屋坂にはお照さんという松太郎の第二夫人が住んでいて、近所でも評判の美人だったそうだ。一女さんはお照さんの連れ子さ。そんなわけで松太郎の使っていた紫檀の座卓とか洗面器や栓抜きなどの細かいものがアタシの手元に残っているんだよ。

小僧の日悴む朝の竹帚

赤坂の伯父の住まいは九条公爵家の跡地を、箱根土地が分譲した区画で福吉町二番地といった。道路を挟んだ隣が伯母中島静の家で中永楽という料亭だった。南側の区画は九条家本邸の焼け跡の広い更地で、帝産オートというバス会社のターミナルになっていた。バス車庫の奥には九条サンの大きな土蔵がひと棟焼けずに残っていたね。

赤坂へ来る前に玉川瀬田町の祖母の家に間借りしていた時のアタシの身は、白川家の養子とはいえミナシゴそのものだったね。小学三年生を過ごした二子玉川小学校は周りが一面の田んぼで、校門の前を流れる小川にメダカが群れていた。田にはキツネノボタンが黄色く咲きみだれ次太夫堀にはタナゴだのクチボソなど小魚がスイスイ泳いでいたね。自然にあふれた二子玉川の自儘な暮らしは、独り身の少年にとって楽しい一時期だった。

二子玉川小学校で連れていかれた、のちの昭和女子大の講堂で観た『ベニスの商人』は強烈だった。子供心にアントニオが胸をはだけて「血を一滴もこぼさずに肉を斬れ」と叫んだ舞台が忘れられないよ。世田谷郵便局見学の報告発表会に、アタシを指名してくれた女の先生も忘れない。シャツ一枚、短パンのアタシが来客の親たちを前にしての晴れ姿だもんね。短期間だったが印象が強く残る二子玉川だったねぇ。

戦争中に厚木飛行場まで陸軍が突貫工事で作った軍用道路が、瀬田から二子橋の間を急造の坂道となって突っ切り、舗装もなくて多摩川の砂利を積み上げただけのガタガタの土手道だった。この道を毎朝暗いうちから溝の口あたりのお百姓が、肥え桶を積んだ牛馬の引き車で都会の汚わいを汲み取りにゆく。いつ果てるともない長い列がゴロゴロと軍用道路を上っていくのだ。夕方は糞尿を満載にした牛馬の車列が、今度は多摩川へ向かって坂を下り二子橋を渡って帰って行く。土地の人は軍用道路と呼んでいたけど、現在の国道二四六号線からは想像もつかないよね。

学校から帰ってくると家の前にトラックが止まって簞笥だのなんだの家財を積み込んでいる。アタシは知るすべもなかったが祖母の中島キンと伯母の中島静が家を売って二子玉川を引き上げるところだったんだね。トラックに乗っている手伝いのオジサンに「このトラック何処ゆくの」と聞いたら「アカサカ」というじゃないか。一瞬

「ボクも行く」と叫んでトラックによじ登ったんだ。前後も何も考えなかった。後も顧みずとはあの時の誠之助少年だったんだなぁ。

人生の岐路なんてあんなものだと今だから考えるが、物事なんて一瞬に決断するんだよね。「ボクも行く」あの時のあの一言がその後の人生を大きく捉えて一歩を踏み出せたんだなぁとツクヅク思うのだ。

数日経って赤坂にいた実兄に頼んで一緒に行ってもらい、バスケットに入れた大切なものを取りに玉電で行ったらば、養母の白川晴子が激高して「(軍用道路の)トンネルで暮らそうとしているのにドコ行ってたんだ!」と叱った。だから今では綺麗になったあの瀬田アートトンネルをくぐると感無量なものがある。でもお陰で幼年時代の白川家当時の写真は持ち出すことができたんだよね。

赤坂の家では氷川小学校から芝中学へと進むのだが、伯父に「着るもの着せてやって喰うもの喰わせてやって後ナニが要るんだ」と言われちゃぁね。ホント大変だったよ。小遣いはクズ鉄拾いして稼いだものヨ。

青年時代の頃、布団からやっとのことで身を剝がすような息苦しい時期があった。後にレントゲンを撮ったとき肋膜の癒った跡がありますと言われ、あの時だったんだろうと思っている。

そんな時のこと、毎朝暗いうちに伯父の中島文吾が枕元でたたき起こす。真冬の朝は特にキツイ。疎林と家庭菜園になっている広庭を隅から隅までチリ一つ残さず掃き清めるのだ。だからいまでも庭掃除やらせたら天下一品だね。竹帚の節を握りしめ「今に見ろ今に見ろ」と心に言い聞かせて庭を掃いたんだ。

庭を掃き終わると、続いて買ったばかりのトヨペットコロナのワックス掛けをする。うまい具合に八時五分にクルマ磨きを始めるように仕組んで仕事をこなす。そうするとNHKの『名曲を訪ねて』の時間になるんだ。クルマのラジオのスイッチを入れてクラシックを聴きながらクルマの掃除をする。アタシのクラシック好きはこうして体に染み込んだんだよ。LPを買っても聴く時間がなかったんだネ。深夜に部屋に籠って音を小さくして聴いていると、伯父が起きてきて妨害し電源のブレーカーを切るんだものね。だから朝のひとときは貴重だったんだよ。

こんなこともあったなぁ。アタシは赤坂時代に、食後のお茶を飲んだことがなかった。お茶なんか飲んでいるとナニ言われるか分からないから、水道の水グイッと飲んで茶の間を去るんだ。身に着いたクセは抜けないもので、今でも食事が終わるとスッと立つね。

子供の時食事してたらば伯父がイキナリ「お前なんか、テーブルの下で喰え」と言うんだな。これは応えたなぁ。ベソ掻いて箸を置いたらば「白川の家がそれ程イヤだったんだ」と見当違いのことを言ってたね。

それでもアタシが伯父に付いて骨董屋の見習い小僧をやるようになった頃は、伯父はケッコウ良いことも言ったよ。「カネがない程ミジメなことはないよ」とか、「お前が往来で突っ立っていたって、誰も菓子なんかクレナイよ」なんてネ。まあ伯父なりの人生哲学だったんだろうな。

伯父はタバコ吸いすぎて還暦前に脳腫瘍で死んだけど、そん時やっぱりアタシは途方に暮れたよ。実子の長男（アタシの従兄）が跡継ぎでいるし、その下で飼い殺しの下働きではイヤだし、独立するより他はなかったもんね。

霞町（西麻布一丁目）に中島美術店を開いたのが三十歳の時だ。カミさんと二人で無我夢中で働いて、それでもカネはなかったよナァ。いつもニコニコして励ましてくれたカミさんには、だからアタマが上がらないのさ。

亡き人の疎林に集う冬の月

歳を取るとトイレが近くなった。冬の山荘暮しをしているときは殊更に近く感じる。寒いのでストーブはつけたままにして部屋のドアは開け放し全館暖房スタイルにしている。そのせいか夜中に起きるのが苦にならない。

厨房の窓越しに雪明りの庭を見ると月の光に照らされて青白い。満天の星が葉の落ちた枝を通して瞬き、目線の先には八ヶ岳の稜線が白く眠っている。雪面の樹影が浮き上がり人影に見える。今は亡き山仲間や悪ガキたちが集まってきたようだ。仲間に入れてもらえないアタシは布団に潜り込み彼らの話に耳をそばだてて浅く眠る。

遠花火

喜寿傘寿誰もつやや初句会

蠟梅や空の青さにたじろがず

白梅やこの一輪を待ちにけり

近くの羽根木公園はアタシにとっては庭で、疎林を巡る早朝の散歩が日課となっている。若い頃は周遊道路を十周もジョギングしたものだが、今はせいぜいジジババ広場での軽体操と梅林の散策で過ごしている。

地形でいえば世田谷の広野にうねうねと延び出している山の手台地の縁に当たるので眺望がよい。小田急線の線路に近い丘に立つと遠く拡がる市街地が見渡せ、遠近《おちこち》のビルや家々の屋根がキラキラと光っている。梅林の一画からは丹沢山塊の尾根が地平線から盛り上がり、冬になるとその向こうに富士山が真っ白に顔をのぞかせる。この風景を太田道灌だったら何と和歌に詠むんだろうかナンて考えつつ小径を巡っている。

中村汀女の句碑を過ぎたあたりの梅林にひときわ目立つ八重野梅の古木がある。この木は他より一足早く白梅の蕾を開く。小道をたどりながらこの一輪に出会うと新鮮な喜びを受ける。思考の奥から春が現実となって浮き上がってくるんだナ。もう一つ気になる梅の木に『月影』と名付けられた一樹がある。この梅は蕾が緑色なのだ。開花してもしばらくは薄緑の花弁を保って鮮やかさを見せる。

公園の梅で早く開花するのは『紅冬至』で暮の内に薄紅色の花をつける。一月になると野梅の紅白がチラホラと咲きだして香り、二月には『白加賀』が梅園を埋める。その頃にはモウ紅冬至は緑色の小さな実をビッシリと付けているんだヨ。

白魚の赤絵を登る伊万里鉢

唐津へ行くと『洋々閣』へ宿をとる。というより洋々閣へ泊まるために唐津へ行くんだ。のんびりと過ごして心温まり宿を後にしてもしばらくはボーッとしている。洋々閣の良さはクチでは言えないね。それほどアタシの性に合っている宿なのだ。

そうしょっちゅうではないが、洋々閣の帰りに足を延ばして『飴源』に寄ることがある。唐津からクルマで小半時も走って着く玉島川のほとりで、ツガニと白魚が名物だ。女将さんがなんたって九州の女丈夫で話が明るく勢いがある。白魚は季節のクイモノだから春の菜の花時がピタリだ。

ナカジマさんが来たからと結構な古伊万里の赤絵鉢に白魚を入れてくれた。玉島川は唐津湾にそそぐ小河川だが、神功皇后が鮎釣りをしたというから歴史は古い。飴源の座敷で川浪を眺めて悦に入っていると、女将が料理を次々と運んでは話し込んでゆく。昔アタシが初めて行ったとき女将は丁度梅の木に登って手入れをしていて、慌てて落っこちて会えなかったという話を今日もしてくれた。

古伊万里の鉢を泳いでいる白魚はグルグル回らないで縁を真っすぐ登ろうとする。アタシは女将の話を聞きながらそれを見ている。白魚を川へ逃がしてやるわけにもいかないから、喰い方をどうしたものか考えていると女将が喉で味わえという。白魚は噛まずに飲み込みゴニョゴニョと食道を滑り落ちてゆくのが美味いというのだ。テーブルの向こう側に座っているカミさんは箸を握ったまま硬直して気絶しそうな顔になっている。そんな雰囲気の餡源がアタシは好きなんだよね。

生みたての鶏卵頬に春浅し

少年時代を過ごした赤坂の伯父の家では、鶏とアヒルを十羽ほど飼っていた。もっとも当時は戦争直後の食糧難で、ドコの家でも鶏を飼い空き地という空き地は耕して野菜を栽培していた。都心の米屋でも鶏餌のフスマを店頭に置いていたからこれは不思議ではない。

鶏の世話は当然セイノスケ君がするわけで、餌になる野草を焼け跡の空き地から鎌で刈ってきて包丁できざみ餌のフスマと混ぜる。朝は鶏小屋に入って生みたての卵を巣から取り出す。鶏糞を掃除して水を汲みかえる。柵を補強して野良猫の襲撃から鶏を守る、なんてことを連日一生懸命やっていた。

まあ、その他に赤ん坊を背負わされて子守をしたり薪割りと風呂焚きと使い走りなどあって結構忙しかった。手を空けていると必ず用を言いつけられるので、いつも片手は雑巾か箒を握って仕事のフリをしていたものさ。

春先の寒い日など餌のフスマを捏ねていると手が冷たくて悴んでくる。餌やりを終えてから生みたての卵を取り出すと何という温かさだろうか。しっとりとした重さの温もりが手に伝わり頬に押し当てて暖まるのだ。

今はスーパーで卵を買うから生みたての卵の温かさなんぞ知る人もいない。だけど生みたての卵はホント温かい。親鳥の体温を一身に受け取り芯から温かいのだ。世間のぬくもりナンか知らない少年は、手ぇ温めたかったんだよ。

生コンに足跡付けて通い猫
江の島を三尺浸す春の潮
鵠沼に幼馴染を訪う二月

一年十二か月の内で二月はノリシロの月だ。

年末年始のあわただしさが遠くなり行事も一段落する。そろそろ日が伸びて来るし、といってまだスタートするわけでもない。なんとなく余禄の月という感じがする。古い友達に便りをしたり、鵠沼を訪ねたりして過ごす。

幼年時代の小学二年まで過ごした鵠沼海岸は心のふるさとで懐かしい。コレは動物学的な刷り込みなのだろうか、ナンの理由もないのに無性に恋しい土地なのだ。捨てられるようにして養子に出され冷血なバアサンに監督されオカーチャマの芸者愛に育てられたくせに、街並みのたたずまいから砂地の松林や遊び仲間まで昨日のことのように脳裏にある。

今でも海岸通りにある有田商店の裕一《ひろかず》ちゃんは小学校の同級生だ。入学は戦争中の昭和十九年で藤沢市第三国民学校だった。土地の人はつづめてダイサンと呼んでいたが戦後に鵠沼小学校になる。二年生のとき終戦直後に開校したばかりの鵠洋小学校に移っている。

教室が足りないので校庭で授業をした青空教室や、紙がないので石灰をひいた厚紙に水で書く水習字なんて今では想像もつくまい。

鵠沼を去った日は雨が降っていた。バアサンのためにオカーチャマの晴子さんが奮発したハイヤーで町を後にしたのだ。見送りの人々が濡れたウインドガラスに滲んで遠くなった。そしてアタシは転居先の二子玉川から赤坂の伯父の家へと放浪記が始まるのだ。

テレビ番組でグレートマザー物語という企画が持ち込まれアタシは母親がいないからと断ったが、プロデューサーが鵠沼時代が話になるからと白川晴子を取り上げてくれた。収録のとき有田裕一ちゃんの伯母さんが会ってくれて晴子さんの旦那のことを教えてくれた。それまではアタシが晴子さんの妾腹だと思っていたらしく皆が黙っていたんだよ。番組のお陰で養子と分かって話してくれたんだね。旦那という人は桐生の実業家で書上《かきあげ》という名前の紳士だったという。多分横浜に絹糸貿易で赴任した関係で関内の花柳界では上客だった人なんだろうね。

昔の人というか晴子さんは偉いもので、決して旦那の名前を口にしたことはないし書き残しもしていなかった。だからアタシはその人の本名を初めて知ったのだ。残された白川家の過去帳には旦那の熈春院という戒名が記されているのみで、その人の本名はドコを探してもなかったものね。

横丁で戦争ごっこをやっていると牛乳屋の浜野のオジサンが「誠ちゃんお父さんが来たよ」と声を掛けてくれる。お父さんって誰だろうとすっ飛んで帰ると、バアサンに捕まり寝室のある二階の廊下に正座させられて、オジチャマと呼ばされた小太りの旦那に「いらっしゃいませ」と両手をついて挨拶させられるのだ。晴子さんは房事を控えて横向いてたね。嫌な思い出だよ。

それでも少年時代は晴子さんに会いたかったものさ。芸者愛とはいえ結構大切にしてくれたしね、敗戦直後の極貧の時にはホントにヒシと抱いてくれたものね。横浜へ住込みの稼ぎに出てからは、たまに米兵相手の夜の仕事から二子玉川へ帰ってきて、溝の口や三軒茶屋の闇市で何か喰わせてくれたものね。

ある日のことだった。学校から帰って裏木戸を開けたら、台所の上がり框に晴子さんが腰かけて待っててくれたことがある。「オカーチャヤマァ」と叫んで胸にムシャブリツイタよ。米兵から貰った一ドル銀貨を土産に呉れてね。子供心に「ああオカーチャヤマはパンパンガールをやってるんだ」と気が付いたんだネ。マセてるんじゃない、感謝したんだよ。

赤坂の中島の家に転がり込んでからは、晴子さんのことは口が曲がっても言わなかった。晴子さんのハの字でも口にしたらば、追い出されると思っていたんだね。かりそめにしても幼年期に愛情を持って育ててくれたオカーチャヤマを捨てて逃げたんだから、わが身を守る後ろめたさに少年の心を痛めたのもツライ思い出さ。

あれはピッコロモンドの経営を引き受けてカミさんと新国際ビルで店番をしているときのことだった。画家の辻朗さんという人から電話が入った。聞けば強羅の別荘で長いこと家政婦をしてもらっているオハルさんという人が怪我をして入院したというんだ。所持品を調べたらば中島誠之助の記事が出ている新聞や本の切り抜きがたくさん出てきたが、どのようなご関係ですかというんだな。まだテレビに出る前のことだが、古美術関連の寄稿や講演をしていたんで世間にチッタァ名前が出ていたんだね。

これには心底タマゲタ。片時も忘れはしないオカーチャマのことじゃあないか。すぐに目黒駅近くの長者丸（品川区上大崎二丁目）の辻画伯のアトリエを訪ねて説明した。辻さんから入院先を教えてもらって箱根宮城野の県の施設を訪ねたんだ。ベッドに横たわっている老婦人は間違いなく晴子さんだった。ところがアタシの顔を見て知らない人だと言うんだ。気丈というか驚きというか、トッサに対処できなかったんだろうね。手を握ってやったらばやっと心を開いてくれたのよ。アタシも嬉しかったけど申し訳なかった気持ちのほうが大きかった。少年時代に捨てたんだからね。

その後退院して県の養老院に入った晴子さんをカミさんと由美を連れて年に一度は訪ねたよ。晴子さんはカミさんの顔をつくづく見て「あんたが誠ちゃんの奥さんなのねぇ」といったね。晴子さんはその後数年して亡くなったが、神奈川県の職員から受け取った遺品の小箱の中に僅かの郵便貯金と綺麗なペン字でビッシリ書いた手帳が入っていた。

そこにアタシの両親の亡くなった状況と病院が細かく書いてあった。「誠之助さんあなたを育てられなくて済まない心から詫びる」とも書いてあった。それでアタシは今まで知ることがなかった両親の最期の様子を、こと細かに知ることができたんだ。

置時計どけて今年も雛飾る

納戸のなかでカミさんがゴトゴトやっている。何してるんだと覗くと雛人形の箱を引っ張り出して自分の役目だといわんばかりに黙って包みを開いている。小ぶりのガラスケースに雛を飾れば春が来たなとハッとする。

北陸の井波町の名工横山一夢の作った木目彩色雛で、わが家へ来てからもう三十年近くなる。毎年この時期になると変わらぬ顔立ちを見せてコンニチワをしてくれるのだ。ああこの一年も無事に過ごしてお会いできましたねぇと心の中でつぶやくんだよ。

アレはいつのことだったか、南青山骨董通りの伸美堂へ寄ったらばオヤジの新井伸吉がグダッとしている。相変わらずのことで調子が悪いんだという。昔話を少ししてて店先を見ると綺麗な雛人形が置いてある。一夢の作品だと言われてもよく分からないが気に入って買ったんだ。三十万を一割引いてくれたかなぁ。新井は間もなくして死んだ。古画の目利きだったんで惜しい男さ。

春の月二十歳《はたち》の夢の続きかな

寺町を喪服で急ぐ春日傘

美作《みまさか》は行けど行けども山笑う

倉敷の大原美術館は仕事を兼ねて何度か行ったことがあるが、まったくのプライベートの旅行で訪ねたのは初めてのことになる。カミさんも大原は行きたかったテンで、話はすぐにまとまっての旅支度だ。

児島虎次郎の連作『朝顔』は目が覚めるほど良い。他にも教科書で知っている名作がタントあるが、朝顔だけは心を奪われた。大原にあることは知っていたし過去に見てもいたが、今回だけはじっくりと堪能したんだ。目を閉じると朝顔の様々な彩りと木陰の少女の浴衣の柄がチラチラと浮かんでくる。これを見るだけでも大原へ来た甲斐がある。

アタシの好きな荻原守衛のブロンズ『坑夫』も置かれているが、これは信州穂高の碌山美術館で鑑《み》る方がよい。同じ作品でも心象風景で感動が違うものだと確信シタネ。隣接の喫茶店『エル・グレコ』で珈琲とケーキを頼んで旅を楽しむ。窓の外を這う数本の蔦は百年近く経っているから蔓というより大木になっている。東京では安価で量産される現代感覚の暮らしをしているので、エル・グレコの木造小学校的な人間らしさのたたずまいでお茶すると、忘れていた暮らしの芯を取り戻すんだよ。

倉敷から岡山に戻り、乗り換えて津山へ向かう。線路はくねくねと曲がり、次々と山が迫っては後ろへ行く。だから列車はなんとなくノンビリ走ることになる。新緑で盛り上がるような感じの尾根がいきなり車窓にかぶさってくる。右に左に新緑が迫っては遠のく。

レールの振動にウトウトして目を開けると弓削の駅に停まっている。弓削道鏡のいわれを話してやろうとカミさんを覗いたら、グッスリ眠りこけていて動きもしないよ。

里若葉津山うべなう饅頭屋

津山駅の改札口に旧知の筒塩繁さんが迎えてくれた。『つゝや』という饅頭屋のオヤジで顔立ちは濃いが好人物で、体を押すと温もりがはみ出してきて饅頭から餡がでるようだ。筒塩さんの運転で津山めぐりが始まった。

どの街角も懐かしさで溢れているね。明治時代のハイカラさんが洋館で珈琲を喫茶しているかと思うと、塀の陰からおサムライが二本差しでやってくる。備前焼をクルマから運び込んでいるのは、まるで室町時代の小僧たちが川船から降ろしているようだネ。

この街じゃ昭和や平成なんかの人たちゃ鼻垂れ小僧にもなっていないよ。令和なんざマダマダ先の先のズーッと先の話だよ。

津山城の石垣がスックリと立ち上がり、青葉交じりの遅桜が満開の情景を伝えている。鶴山公園と呼ばれる城の表門へ登るあたりの風情がまたいい。『男はつらいよ』

の寅次郎や『秋津温泉』の岡田茉莉子がロケをした場所が、アチコチにそのまま残っていて本人がフィと出てくるようだ。

筒塩さんの店は街道筋の小原というとこにある。『五大北天まんじゅう』の旗指物が風になびいて小綺麗な白壁瓦葺きの建物だ。饅頭はぺったんこのテラテラしたやつで、お茶を啜りながら二口で食べられる。アンコがよく練ってあり口当たり良し。うっかりすると五個ぐらいペロリだね。店先にそよぐ若葉風がお肌を撫でて、ああ津山にいるんだなぁと旅情たっぷりになる。こんな時間って久しぶりだよ。

宿は奥津温泉で津山からひとっ走りだ。ここの名泉『鍵湯』がある『奥津荘』は古い宿で、民藝の作家たちが作品を残している。女将はアタシのテレビ番組『開運！なんでも鑑定団』にも出演しているし、そんな関係で顔見知りなんだ。行くのは初めてだけどネ。

藩政時代に殿様が鍵を掛けて誰にも入湯させなかった風呂が鍵湯で、天然石の湯舟の底がスボンでいて石の間から湯がチロチロ湧き出している。これ以上透明にならないだろうと思わせるマッサラな青い湯に立ち泳ぎの姿勢で入浴する。もとは吉井川の河原に湧く天然温泉だから、風呂の窓から目線の高さに川辺の新緑が萌える。

帰りの新幹線が大阪に差し掛かった時、筒塩さんからサヨナラのメールが入った。丁度美作米の弁当を食べてるとこだった。ソウダ、津山で忘れてならない人がもう一人いた。歯科医の豊福恒弘サンで土地の名士だ。津山を愛すること何人《なんびと》にも負けず、決して驕らず地の底より郷土愛が湧いてくるような人柄だ。テレビの美作地方出張でもタントお世話になったネ。五大北天まんじゅうだって豊福サンの差し入れだったんだヨ。岡山・新見の千屋牛《ちやぎゆう》ナンテまったく知らない牛肉だったのが、豊福サンのプレゼントで今じゃ舌鼓を打ってるんダ。

砂漠の目新緑沁みる月牙泉

四十代の後半から五十代に掛けて、ひとしきり中国旅行をしたよ。最初に行ったのは広州交易会で、紅衛兵がカッパラッテきた古玩を購入したんだな。大した品は何もなかったケド経験としては面白かったね。交易会場のホールにしゃがみこんで、ボテにドサッと入っている陶磁器を漁るんだ。ボテ盆は無数と言ってよいほど並んでいるので、商売人の華僑たちと競い合って品物を選別する。ほとんどが清朝末期から民国時代の小品だものだから、カネになりそうなものは無い。それでも偉大なる中華人民共和国の目コボレ品があるので飽きずにかきまわす。そんなときに釣れた魚は大きかったネ。

日が暮れると広州市随一の大ホールに連れていかれ交易会の開会式だ。ズラリと並んだ赤旗と列席する解放軍の将校たちに囲まれて、万を超すアタシたち招待客は身動きもできない。目の前の白いテーブルクロスには、マオタイ酒《チユウ》のグラスと痩せたリンゴが一つ置いてある。

「カンペーイ」の合図で強い酒を飲み干すと甲高い声で挨拶が延々と続く。林立する赤旗と解放軍の兵士たちを前にして、気の弱いヤツなら一発で「毛沢東バンザーイ」となる仕組みだ。眠気を必死にこらえて、ナニがナニやら分からないうちにお開きとなる。

アタシはこう見えても生真面目だから東京の人民中国系の書店で赤い表紙の『毛主席語録』を買い、「我は愛《うおあ》す北京天安門《べいちんてんあんめん》♪」なんて歌を暗唱して出かけたものだよ。ナンかあったら語録を見せて歌を唄えばダイジョブなんて誰かに教わったんだよ。それにしても共産党の人民中国には、平和日本から見ると想像を絶する階級社会がアリマシタね。アリャアやっぱり王朝の一種だな。

革命現代京劇『沙家浜《しいしやぱん》』とか、ピンポン国際試合なんてものに毎晩連れていかれたのも得難い経験だったね。吸い殻とかマッチの空き箱なんてものが拾われて、ホテルの入り口のケースにズラリと並べてある。「これは落し物ですよ、盗らないでお返ししますヨ」テェわけだナ。人民の物は人民に返すんだから、ゴミ一つ落とせなかったのよ。

青い人民服とおびただしい自転車の群、宿舎の広州飯店入り口を昼夜三交代でジッと見つめるしゃがんだ人の顔、夜明けに屋上で時を告げる広州中の鶏声のうねり。ビルの屋上で外国人に聴かせようと、ヤラセで弾くバイオリンの子供楽師。空調なんぞなくて窓が開けっぱなしだから、広州中の物音が枕元を揺らすんだヨ。

それでもお別れの晩餐会に案内された、湖水に浮かぶレストランは良かった。看板は人民食堂となっていたけど、解放前は『畔渓』といった有名店だという。竹筏の床にしつらえたテーブルで美味を堪能していると、夕日が水面を赤く照らして広東《カントン》のヌルイ風が頬を撫でる。ようやく人心地が付いたよ、

何度目かの最後の中国旅行で西安に行ったときは、アタシもだいぶ人民中国慣れして町を独り歩きした。『サクラ』というカラオケスナックがあるってんで行ってみたらば、中国人の歌の上手なこと。『北の宿から』なんか歌わせたら、日本人のオジサンは足元にも及ばない。オンチのアタシはてんでマイクを握れなかったよ。隅っこで一杯やっていたら、地元の青年が目配せして近寄ってくる。胸のポケットから百三十万円の札束見せて、「日本に行きたいから保証人になってくれ」というんだな。当時の日本円は中国ではタント値打ちがあったから、彼は日本へ行けば、このカネで一生

喰ってけると思ってたんだな。

　丁度そのとき北京では天安門事件が発生していたんだよ。報道管制の西安でそんなこと知るすべもない。あの騒ぎは日本へ帰ってから知ったんだ。アタシはその時は、青年の頼む保証人を断るのに苦労していたのにさ。

　さて月牙泉のはなしだったなぁ。敦煌遺跡ツアーに参加して砂漠を訪ねた時のことだ。西安から汽車でまる一日近く河西回廊を走って西域へ向かったのさ。あの頃は戦中派や戦後派がイギリス人の探検家スタインの旅行記を読んだり井上靖の小説『敦煌』にハマったりして、世代と言い歳まわりといい日本人が純粋に中国五千年の歴史に憧れていた時代で、特に西域地方は夢だったのさ。今の中国共産党のウイグル族政策を見聞すれば、旅人歓迎の宴席で舞踊を楽しませてくれたウイグル人たちも幸せな時代だった。夜毎タンバリンを奏でてくれた胡服の踊り子たちは、今どうしているだろう。胸が痛む。

　敦煌の遺跡を後にして次の休憩所のあるオアシスに向かった。ラクダの背に揺られ隊列を組んで砂漠を往けば、まるでキャラバン隊の気分さ。そのとき突然に砂丘の麓に鮮やかな新緑の疎林が現れ三日月形の池が紺碧の空を映していたのだ。それは灰褐色の砂漠の世界にポツンと開かれた瞳のように見えたのヨ。緑と青がこんなにも美しいとは今まで気が付かなかった。ラクダの背中に乗った人々は皆息をのんだのさ。人生の感動とはこのようなものかとねぇ。忘れることのない光景さ。

小手毬を一輪添えて加賀料理
熨斗を付け畳《たとう》に包み新茶来る

静岡の加藤正義クンは学生時代からの友人で「キャァルが啼くんで雨づらぁよ♪」のちやっきり節そのものの駿河男だ。毎年初夏になると新茶を送ってくれる。カトーのお茶が来ると初夏だなぁと感興を持つのだ。

新茶を包む次第のアリサマも、立派なタトウに入って熨斗が掛けてある。だから恭しく頂くことになる。日頃ザツに番茶を飲んだり抹茶を捏ねたりしているくせに、この時だけは和菓子を選んで銘々皿に盛り、カミさんとジワッと喫茶するんだね。

今年も藤の花が終わって小さな豆の刀を付けだした。そろそろカトーから新茶が来るぞと思いながら、伸び盛りの藤蔓の剪定に取り組んでいると宅配便が届くんだ。

ひまわりの種山盛りに愛鳥日

紫陽花や時を忘れて青に染《し》む

糊の利く袖を通して宿浴衣

次男の娘たちがやってきて全員で浴衣を着るサワギになっている。近所の代田八幡のお祭りに行くんだと言ってバアバの手を借りて着付けをしているのだ。出来上がったら写真撮ってやるよと並ばしたらば、全員がいいオネエサンに仕上がっているので驚いた。ああアタシも歳とるわけだねぇとガックリだよ。

思えばアタシのこの位の頃はどうだったんだろうと頭を巡らしてみた。五歳の時は昭和十八年で、芝の八幡町にあった伯父の骨董店の二階から山本五十六元帥の国葬を見ていた。今の虎ノ門五丁目桜田通りを、飯倉の坂上にある海軍の水交社へ向かう行列だ。真っ白な棺が電車通りをユルユル行くのを覚えている。国葬を見るてんでキット鵠沼から晴子さんに連れられて、東京へ出掛けたんだろうね。

後は世間が敗戦と戦後のドサクサで、そのうえアタシは波乱の幼年期だったから、無我夢中で少年一人ケナゲだったわけさ。思えばとシツコクもう一度考えてみれば、他人に認められたことってなかったなぁ。そういえば、これは独立してからの話だが、コンナことがあったね。

アタシがテレビ番組に出て急に人気が沸騰したときのことだ。何かの用向きで麻布永坂のアネさんのトコに寄ったことがある。アネさんこと高峰秀子が「セイちゃん丁度いいところへ来た。ちょっと納戸の本棚の手伝いしてよ」と頼まれて脚立に登って本探しをした。

しばらくゴソゴソやっていたらイキナリご主人の松山善三さんの声で「ヒデさん、およしなさいな。セイちゃんは今は三十分幾らの人になったんだから」と納戸の戸口でアネさんを叱っている。アネさんが少しむくれて「ソオ……」と言いながらアタシを脚立から降ろしたね。アタシはそのとき松山さんが認めてくれたんだなぁと内心嬉しかったものさ。他人に認めてもらうってあァいうことじゃないかな。善三さんを見習ったよ。

お祭りに出掛ける孫娘の浴衣姿を見送りながらそんなことを連想した。苦労人ってヤダね。ま、自分は苦労したとはチットモ思ってはイマセンけどね。

老優の藝の若さや夏祭り

『夏祭浪花鑑《なつまつりなにわかがみ》』は大阪人の粋を描いた芝居だ。薄汚いひげ面の囚人団七が釈放されてスカッとしたいい男に変身するところが見どころとされる。

二代目吉右衛門で団七を観たが、俠客で喧嘩は強いのに一歩引いてる所作が味わい深い。それにしてもなんてぇ勢いの良さだろうか。とても人間国宝の老優たぁ思えない。二十代浪花男の活きの良さを幕が引かれるまでタップリ見せる。団七を演ずる舞台一杯に夏の風が爽やかに吹いて、歌舞伎座を出てからも帰りの歩幅が浮き立ったね。

蟻地獄蟻を落として耳澄ます

あまりいい趣味じゃぁないね。山荘の縁の下は地面の乾き具合が丁度いいのか、夏場になると蟻地獄の巣が無数にできる。すり鉢状の穴の底にはウスバカゲロウの幼虫が潜んでいるけど姿を見たことはない。落っこちて来る蟻を待っているそうだがホントかね。気の遠くなるような時間を獲物が来るまでジッと構えているナンて、アタシにはとてもマネできませんね。

そこで山荘の昼下がりは蟻ン子を見付けては、カタッパシから蟻地獄の巣へ投げ込むんだ。蟻地獄のあるじはオッタマゲて、穴の底から砂をパッパッと掛けて蟻を地獄に引きずり込む。それは恐ろしい光景だよ。

何か身につまされてジワンとしていると、テラスにいるカミさんが呆れ顔して「いい加減にバカなことやめなさいよ」とイケンするんだ。コリャ夏の山荘の風物詩なんだけどね。

照明に眠りを知らぬ熱帯魚
偽りと背中合わせの夏至の夜

レギュラー出演しているテレビの番組で一度だけ嘘ついたことがある。あれはコロナ禍の最盛期のことだ。連日のニュースで重症患者の人数がドンドン増えていく。旅行も娯楽も全く火が消えて、世の中が不安と不況に沈み込んでいた。

日本各地に猿の飼育施設があるが、その一つから鑑定依頼の手紙が届いた。入場者が途絶えてしまい経営がムズカシイ、飼育している猿たちの餌代にも事欠くようになっているという。ついては「以前に寄付された猿にちなんだコレクションを鑑定してもらえないか。良いものがあったら展示して客寄せの宣伝にしたい」とある。

送られてきた猿コレクションの写真を調べたが、マスコット程度の小品や置物なんかでパッとしたものがヒトツもない。これじゃ呼び物にならないねと首をヒネッタ。

可愛いお猿さんたちがハラを減らしているんじゃ、可哀そうだしヨワッタねと思案をしたんだ。むろんスタッフには内緒だよ。アタシひとりのハラでだ。

ソコデ取り上げたのが『古瀬戸の水注』だった。把手に猿が座っている大振りの水注で、作行といい釉薬といい実に良くできている。古瀬戸を写しているんだが余程の名工が仕上げたと見えて、まったくスキがなくどう見ても鎌倉時代の作になっている。これだけの仕事ができるのは加藤唐九郎あたりじゃあナイかと思わせるデキの良さだ。実際、唐九郎かもしれませんよ。だったら高いヨ。

ダカラこれをホンモノにしてやった。後で聞いたら、この水注ともう一点ニセモノの掛け軸を並べて展示したという。噂を聞いた入場者がグンと増えて、コロナ禍を乗り切りましたとの便り。良かったネ、お猿さんたちのお芋にカブりつく姿が目に浮かんで安心した。このウソ、誰も損しないで罪はナイよね。

山中《やまなか》や朝湯さやけし鐘の音

北陸の山中温泉は良い。芭蕉が滞在して「山中や菊は手折らじ湯の匂ひ」と詠んだ時代と雰囲気は変わってないんじゃないかな。今でこそ建物もインフラも完備してはいるが風情というものは昔と同じだ思う。

アタシは『かよう亭』がお気に入りで、北陸で仕事があると足を運ぶ。亭主が数寄者で時には古陶など引っ張り出して意見を求められる。プライベート旅行での骨董談義などアタシは好まぬところだが、かよう亭だけはあるじの大らかな構えというか人柄で少しも苦にはならず談論風発してしまう。

毀の白陶を見せられたのにはタマゲタ。あまりに良いものなので誰もウンと言わなかったらしい。知識もないし類品もないから意見の出しようがないんだろうね。されど品物には製作者の霊性がコモルもので、古陶磁器の研鑽を積み歴史を学んでいれば、初見の品でも真実を感じ取ることができる。その感性を支えるものは充分な基礎知識さ。だからあの饕餮《とうてつ》文白陶壺にはビビッときたよ。大切に伝えて欲しいものだ。

部屋付きの朝湯に浸かって爽やかな風を頬に受けていると、山の中腹に建つ医王寺の鐘の音が時を告げている。撞きの間が遠くて腹の底に沁みるようだ。静かな朝の空気を揺らすようにして響く音色は、キット芭蕉の訪れた頃と変わらないんじゃないか。鐘の音響く朝湯の心地よさに、元禄の気分になってツイ長湯をしてしまうのさ。

五月雨や武者も通いし切通し
鎌倉や谷戸に句碑あり泉あり

久しぶりに鎌倉を訪ねた。というより熱海の『山木旅館』へ湯治に行っての帰り道に寄ったのだ。山木旅館は熱海の町中にあるしもた屋風の宿で、時たま骨休めに泊まりに行く。帰り道は大抵海沿いを突っ走って相模野のいずれかから高速道路に乗るのだが、この日は腰越からマッスグに鎌倉入りをした。

行先は扇ガ谷の日蓮宗妙伝寺で、観光客で賑わう八幡筋とはかなり離れた山間になる。谷戸へ分け入る前にパーキングにクルマを止めて、点在する住宅地と山間の小道をうねうねと上りつめてゆく。

急な石段をあえぎ登りきると白錆びの大きな伽藍がデンと構えている。本堂の奥にある庫裏に声を掛けてみたが人気がない。木立に騒ぐ野鳥の声がしきりで、却って森閑とするばかり。本堂の裏手にある墓地へ回れば、整然とした区画で墓参の人影が一組いる。一番奥の山際に歴代住職の墓所が石造りの小堂になっている。壁に寄りそう石碑に彫られた墓碑銘をたどると、終わりから数行目に二十二世「日静上人」とあるのが目に入った。

有名人になって嬉しかったことの一つは、消息の絶えていた古い友人が連絡してくれたことだ。小学三年生を過ごした二子玉川のホンのいっとき親しくした同級生が訪ねてきてくれたり、幼年時代の鵠沼海岸の竹馬の友と繋がりができたことだね。

一番驚いたのは母親の系図が分かったことだよ。浅草七軒町のパン屋の娘だということは知っていたが、アタシが一歳の時に両親揃ってあの世に逝っちまったもんだから何も知らなかったんだよ。ま、誰も教えてもくれなかった。

長男夫人の母親（この人は剣劇女優浅香光代の従妹なんだ）がフラダンスを習っている教室で、仲間のひとりに「誠之助さんのお母さんの名前は愛ちゃんかしら、聞いてくれるぅ」と尋ねられたという。たぶんアタシが経歴を喋った週刊文春の『家の履歴書』を読んだらしいのだ。そう愛子というんだ。父親の土井申司と結婚する前は二宮愛子だったと返事をしたら、それが先方に伝わり「私は愛ちゃんの従妹なの」と明かしたそうなんだ。するとアタシの親戚になるてぇわけだ。これぱかりは、ホントにへぇっと驚いた。

しばらくして小柄な老婦人とその娘さんが訪ねてきた。聞いたらば文京区小石川に住んでいる佐藤チャウさんと娘の歌余子さんだという。愛ちゃんの母親がチャウさんの伯母に当たりいつも日本髪で「パン屋のおばさん」と呼んでいたそうな。亭主の二宮啓吉が銀座の木村屋で修業した腕前の美味しいパンで、いつも浅草七軒町の店には行列ができていたという。自分の父親の牧野卓爾とは仲のいい兄妹で、いつもパンを持ってきてくれたという。

チャウさんの祖父は白山の妙伝寺の住職で日静上人と称号されていると言って「これが誠之助さんの曽祖父よ」と白髭老師の写真をくれた。

ここから歴史探偵が始まって妙伝寺は承応元年（１６５２）に徳川頼宣の祈願所として創建され昭和四十九年（１９７４）に白山道路の拡張で鎌倉に移転したことを知った。

アタシの父親の土井申司と伯父の中島文吾の兄弟は、白山の指ケ谷小学校を出ていると聞いていたので、だいたいウチの家系は小石川近辺と浅草界隈に縁があることがウッスラ分かったんだ。それにしても日蓮宗の坊さんの系図とはねぇ、オドロイタよ。

それで鎌倉を訪ねたんだが、まさか扇ガ谷の古刹に縁があるとは思わなかったよ。佐藤家もここに墓所があるとのことで、まあタマには線香でも上げに来ることになるだろうよ。

晴天を待って銀座へパナマ帽

帽子を冠るようになったのは還暦をすぎてからだ。ＮＨＫが『へうげもの』という企画を立てて出演を依頼してくれた時のことだ。古田織部を主人公にした全三十九話のアニメで、『名品名席』という茶道具の拝見記を別撮りするという。主人公のアタシが京阪神から名古屋東京そして水戸から九州までの美術館や旧家と茶室を訪問する豪華版だ。

古美術の鑑定や論評を生業《なりわい》とする身にとっては何という有難いことか、この上もない幸せと感激して相勤めることにした。お陰様で徳川宗家の秘蔵する『初花茶入』尾張徳川家の利休茶杓『泪』醍醐寺の名器から細川家の茶器そして国宝茶室『待庵』などなど至福と眼福の一年を過ごすことができた。

出演に際して利休形の頭巾を誂えることにして皇室御用達の平田暁夫さんを訪ねたのだ。平田さんは以前にもテレビ東京の企画番組『目からウロコの骨董塾』で塾長を務めた時に相談してムロン（山高帽）を仕立ててもらったことがある。和服にムロンはよく似合って評判だった。そこで今回の名品拝見は千利休スタイルで勝負しようと考えたのだ。番組を見て老けているという意見もあったが、まあアタシとしては良かったと感じている。

その時平田さんが外出に際しての帽子着用を強く勧めてくれたのだ。平田さん言うには「帽子を冠らないで外出することは裸足で町を往く様なものだね」と。以来アタシは帽子愛用者になった。季節感と服装に合わせ訪問先と散策コースに合わせて取り合わせを考えるから、アッという間に帽子のコレクションは二十種を超えた。

愛用の帽子は殆どがヒラタ・ハットだが、パナマ帽だけは銀座の和光にした。和光はボルサリーノの名門だからだ。パナマは濡らしたら台無しになるので、夏場は晴天が待ち遠しい。だからパナマの出番は天候に左右されるのだ。

幼子もセレブのママもサングラス

新涼やヒヤリと朝の運動具

朝の散歩は中年の頃から欠かしたことがないね。犬の散歩から始まったんだが、今では体力維持のための軽体操が習慣になっている。ウチの近くの羽根木公園は山あり谷ありで心地よいアップダウンが楽しめるが、年齢と共に歩く距離が短くなりつつある。

何十年も朝の散歩を続けていると人も犬も公園の森に現れてはいつの間にか消えていくことが分かる。若者が子犬を散歩させて現れて、顔なじみの老人がいつの間にか来なくなる。時間の流れの中でアタシも登場人物としてそん中の一人なのだろうね。いつものように鉄棒を握ったらヒヤリとした。ああまた秋が来たんだなぁ。

新米の宅配来れば小金持

南魚沼の中島すい子さんは同姓だけど別に親戚ではない。アタシがNHKの『古寺巡礼』という番組で新潟県魚沼にある西福寺を訪ねた時に、開山堂伽藍を埋め尽くすように彫刻された石川雲蝶の作品にびっくりしたのだ。天井を見上げた瞬間に迫ってくる極彩色で肉感的な『道元禅師猛虎調伏の図』の迫力に思わず叫んだ「こりゃあ越後のミケランジェロだぁ！」と。なんじゃ、この物凄さ。一体こりゃあ何なんだ。アタシはしばらく口も利けなかったくらいにタマゲタのだ。

江戸時代後期に江戸雑司が谷に生まれた彫り物師石川雲蝶は、腕の良さを買われて幕府御用の彫り師となったと伝えられる。

三十二歳のときには職を解かれて越後入りしているというのは、現在で言う財政難によるリストラということか。名声を頼りに越後三条に職を得て寺社の彫刻に腕を揮るい、明治十六年に当地で享年七十歳で他界した。

以上の伝記が分かったのは冒頭の中島すい子さんの著作『私の恋した雲蝶さま』（現代書館２０１４年刊）からの抜粋によるものだ。巻末のプロフィールによれば著者は地元南魚沼の地域観光ガイドをしている人で、近年は石川雲蝶作品巡り専属ガイドという職歴。まさに熱烈な雲蝶党の党首で応援団長だ。

そんな縁でアタシは石川雲蝶生誕二百年記念シンポジュウムに招かれて、畏れながら特別講演をしたんだよ。その時、講演会に来てくれたのがすい子さんで彼女の熱気に当てられてアタシも雲蝶党の党員になったという訳だ。それで著作の帯（出版界では腰巻という）にも推薦文を書かしてもらったんだね。

以来、収穫の秋ともなると南魚沼の中島すい子さんから新米が届く。大きな米袋でドカンと三十キロ宅配便で受け取ると、今日日のご時世にチョットした金持ち気分になるのさ。そして思う「ああ、雲蝶の彫刻の物凄さを外国人観光客に知らしめたい」と。アリャあホントに『越後のミケランジェロ』なのさ。

陽の落ちて音の高まる秋の滝

滝は奥日光の湯滝が一番いい。それも中秋の頃、滝に差し掛かる紅葉が真っ赤に彩られて飛沫の白さに映える時がいい。

修学旅行の学童たちの後ろに立ってボーッと滝を見上げている時がいい。気が付くと陽が落ちて急に寒くなり、紅葉が黒いシルエットになってあたりの闇に溶け込んでいる。そして子供たちの団体も観光客もいなくなり、滝の音ばかり凄まじく聞こえてくる時が一番いいね。

菊人形顔に血の無き静の前

すべすべと銀杏の実や妻の指

羽根木公園のいちょう並木が色づき始めると、周遊道路に銀杏の実がボトボト落ちてくる。踏まないようにして歩くのだが果肉が潰れて臭いニオイを放っている。散歩のついでに拾い集めてバケツに貯めて果肉をそぎ落とす。水に漬けておくと数日でキレイな白い銀杏の粒々が沈んでいる。アタシは皮膚がかぶれ症なので手を出さないが、カミさんはヘイチャラで銀杏を一粒一粒丁寧に洗っている。毎年こうして笊に並べて陰干しするところまで脇で見ているのだ。

秋の池穂高を映し偽らず

上高地の『五千尺ホテル』へは年に一回は出掛けているようだね。ホテルを起点にして周辺をトレッキングするんだが、年々脚力が落ちて周遊コースが短くなる。徳沢ロッヂまでのコースを往復したときは、日暮れになりホテルの人を心配させてしまったよ。

秋は梓川を下って大正池まで行く。真っ青な大空に穂高岳がデンと構えていて、その英姿が鏡のような水面に投影している。辺りの紅葉が額装のようにして一面の風景を取り囲む。これを五七五に詠んでみようと池の畔に立つたびに一句ひねるのだが、なぜか俳句にならない。静寂で澄みきっていて神々しくて明るい。景色は確かに素晴らしい。来るたびに息をのむ。不満を言えば健康すぎて影がないのだよ。だから添景として人影が欲しくなる。きっと情感というものは、多少の陰影があった方がシックリくるんだよね。

古い知人に噺家の柳家小満んてぇ人がいる。王子に住んでいるものだから『王子の狐』なんて自称して俳句をひねる。何冊も句集を出してページの間に桜の押し葉を挟んで進呈してくれた。きっと枯れっ葉が万円札に変わるヨというオチだろう。アタシも「よくやるよ猫の盛りと小満んの句」と詠んでお礼のハガキを出してやった。

その小満んさんは軽妙洒脱な語りで隠れたファンが多い。昔のことだけど、小満んからこんなことを聞いたことがある。「高座に上がりましてね、前列の席に笑い上戸のお客が座っているとやりにくいんですよ」と。座布団に座ったとたんに笑い出し、出だしの枕で笑いこける。「ああゲラがいるよ」と疲れ果てて楽屋に戻るんですよというのだ。

だからねぇ人間も景色もおんなじで、素っ頓狂で明るいばかりじゃあ話にならないんだよ。チト大正池とは意味がチガッタけど。

相生の妻と大和の花見かな

薬師寺の塔の上ゆく花吹雪

花吹雪妻の背を押す二月堂

興福寺の中金堂が落慶したニュースを聞いて、カミさんと相合傘の関西旅行を企画した。仕事では度々出掛けているが、純然としたのんびり行楽はしたことがなかった。そこで春秋に分けて堪能することにしたんだ。

春は奈良の旅程を計画して『奈良ホテル』に宿をとった。初日は法隆寺、中日は興福寺東大寺元興寺から春日大社を巡り、翌日は西ノ京を訪ねた。斑鳩の里も西ノ京も高校の修学旅行以来の訪問になる。あん時は薬師寺の西塔は失われたままだった。基壇の跡の礎石に穿たれた円柱の窪みに雨水が溜まり、その水鏡に東塔の九輪が映っているから見ておきなさいと若き日の高田好胤に教えられた。フェノロサが『凍れる音楽』と称した九輪の水煙を、熱烈に解説してくれた青年僧侶の忘れがたい思い出がある。

あれから数十年の歳月がながれた。宮大工の西岡常一棟梁の手で西塔が蘇っている。東塔は解体修理の最中で足場にスッポリと包まれていた。そして名僧高田好胤の爽やかな口調の法話が聞こえてくるような気がしたね。

薬師寺の境内で一人の坊さんに声を掛けられた。芝学園の後輩で大谷徹奘と名乗られ談笑したけど、後で知ったことには執事長の要職にある高僧だった。

秋は京都行で『俵屋』に泊まった。ちょうど京博で『佐竹本三十六歌仙絵』展が開催されていたので半日は展観を見た。お目当ての『斎宮女御』が出ていなかったのが心残りだが久しぶりに王朝美術を堪能した。

カミさんが静かなところに行きたいとオッシャルので山科の随心院を訪ねた。ここは小野小町ゆかりの寺で孫娘たちにミヤゲを買った。アタシは足が弱くなって歩くのに苦労したが、宿に戻るので乗った地下鉄の便利さにはタマゲタね。東山の下を抜けて俵屋旅館のある御池までアッという間だ。江戸っ子ったって京都へ来れば田舎者だねぇ。
糺の森を歩いて下鴨神社へ行ったり黒谷の金戒光明寺へ寄ったりダラダラ過ごして俵屋へ戻り若女将のお点前でお抹茶を一服。翌朝は京都駅まで帰路のついでに河井寛次郎記念館を訪ねて、やっとゆっくりしたようだ。

虹消えて虚しき町に戻りけり

願わくは末期の床の遠花火

ま、これがアタシの辞世の句だね。まだ当分生きてるつもりだけど。

完

あとがき

俳句を始めたのは芝中学の頃で、国語の時間に「五月雨をあつめて早し最上川（芭蕉）と、さみだれや大河を前に家二軒（蕪村）のドチラを良しとするか。四百字で解答せよ」の出題で百点を取ったことに由来する。

古希を迎えてから詠んだ千句あまりに過去の句作を交えた中から、合わせて都合二百五十句を選んでみた。遊俳だから文学的な俳句よりも日記の印象の句が多いが、波乱に富んだ人生なので陰影が濃く表れているようだ。

昭和十三年戊《つちのえとら》寅年生まれなので、今年は八十四歳で七回目の年男になる。来し方を振り返りつつ俳句に因んだエッセイを纏めてみた。

お手を煩わせた祥伝社の栗原和子氏と装丁の盛川和洋氏には心より御礼を申し上げる。

令和四年盛夏　　中島誠之助　閑弟子（俳号）

★読者のみなさまにお願い

この本をお読みになって、どんな感想をお持ちでしょうか。祥伝社のホームページから書評をお送りいただけたら、ありがたく存じます。お手紙、電子メールでも結構です。

〒101―8701（お手紙は郵便番号だけで届きます）
祥伝社　書籍出版部　編集長　栗原和子
電話03（3265）1084
祥伝社ブックレビュー　www.shodensha.co.jp/bookreview/

JASRAC出　2300431―301

中島誠之助（なかじま・せいのすけ）

昭和13年（1938）東京・青山生まれ。南青山に古伊万里専門店「からくさ」を開店（昭和51年〜平成12年）。「骨董通り」名付親。テレビ長寿番組『開運！なんでも鑑定団』に初回より出演、鋭い鑑定眼と江戸っ子トークでお茶の間の人気者に。「いい仕事してますね」のセリフが有名になる。著書に『骨董屋からくさ主人』『ニセモノ師たち』、句集『古希千句』、俳句エッセイ『俳枕・草枕・腕枕』など著書多数。

俳句《はいく》エッセイ　達者《たつしや》でお暮《く》らしよ

令和5年3月10日　初版第1刷発行

著　者　中島誠之助《なかじませいのすけ》
発行者　辻　浩明
発行所　祥伝社《しようでんしや》
〒101-8701
東京都千代田区神田神保町3-3
☎03(3265)2081(販売部)
☎03(3265)1084(編集部)
☎03(3265)3622(業務部)

印　刷　萩原印刷
製　本　ナショナル製本

ISBN978-4-396-61803-2 C0095　Printed in Japan
祥伝社のホームページ・www.shodensha.co.jp